現在地

岡田利規

河出書房新社

"Genzaichi"
Toshiki Okada

First Published 2014 in Japan by Kawade Shobo Shinsha
2-32-2 Sendagaya, Shibuya-ku, Tokyo 15100051

目次

写真＝松岡一哲
装幀＝佐々木暁

現在地

わたしたちは無傷な別人である

第一場

あるところに、男のひとがいます。

その男のひとは、幸せなひとでした。

ある土曜日、その男のひとが、立っています、道端に。

その男のひとは、幸せなひとでした。

でも、それはなぜなのでしょうか？　その男のひとのことを幸せと言ってしまえるのは？

……とりあえず、わたしが話をするのは、ここまでです。

次は、わたしとは別のひとが、今のとは別になるやりかたで、話をします。

男がいます。

その男は、幸せな人間でした。

ある土曜日、それは八月の最後の土曜日でした、男が、立っています、道端に。

海に面している道の、道端にです。

缶ビールを片手にです。

だから幸せなのでしょうか？


男のひとが、道端で、海のほうを見て、立っているのは、高層の、タワー型のマンションが、そこにこれから建とうとしている、工事を眺めているのです。

缶ビールを片手にです。

缶ビールは、五百の長い缶です。

その男のひとは、幸せなひとでした。

その男のひとには、奥さんがいます。

男のひとは、奥さんと、このタワーマンションが完成したら、その一室に入居するでしょう。

今から、そのときを想像して、幸せなのでしょうか？

奥さんである女のひとも、同じように幸せなのでしょうか？


男には、奥さんがいて、その奥さんは、とても素敵な奥さんです。

だから幸せなのでしょうか？

ある八月の最後の土曜日、八月二十九日でした、男が立っています。

高層の、タワー型のマンションが、そこにこれから建とうとしている、その工事を眺めているのです。

そのタワーマンションは、もちろん、安くはありません。

だから、それが購入できるのは、幸せな人間です。

『大手三社による夢のコラボレーションが実現させた三十四階建て複合タワーレジデンス』

『都会のパノラマビューを望む眺望』

広告の言葉に、心をついときめかせてしまえるのは、幸せな人間です。

その男は、幸せな人間でした。


ある土曜日、ある幸せな男のひとが、立っています、道端に。

その土曜日は、二〇〇九年の八月二十九日の、土曜日でした。

「あした、八月三十日、日曜日は、衆議院議員総選挙の、投票日です。投票時間は、午前七時から、午後八時までです。『未来へ。あなたの一票を。』。以上、選挙管理委員会からの、お知らせでした」

その男のひとは、幸せなひとでした。

でも、それはなぜなのでしょうか？　その男のひとのことを幸せと言ってしまえるのは？

男のひとは、やがて、海の見える道端を離れて、バス停に向かいます。

……わたしが話をするのは、ここまでです。


男のひとは、あと三分で、海の見える道端を離れて、バス停に向かいます。

〈三分間を、計りはじめる〉


男のひとは、バス停で、自分より前に、ひとり、バスを待っているひとが、並んでいました。

そのひとは、音楽を聴いて、携帯の画面を見ています。

バスは、書いてある予定より、遅れています。


〈ここで三分が経過する。すると、男は立ち去る〉


男のひとは、バス停に向かいました。これが、そのバス停です。

バス停には、男のひとより前に、ひとり、バスを待っているひとがいました。

そのひとが聴いている音楽が、ほんのわずか、漏《も》れてきています。

その曲がなにか、男のひとには、分かりませんでした。

バスは、書いてある予定より、遅れています。

男のひとは、数日前に、奥さんと、こういう会話を交わしました。


(妻)「わたし今度、土日のね、どっちかに、うちに、会社の友達をね、ひとり呼んでもいい？」

(夫)「うん、いいよ」

(妻)「今度の土日だと、急過ぎるかもしれないから、その次の土日かな、そのどっちか」

(夫)「俺はいてもいいの？」

(妻)「いいよ、当たり前じゃん」

(夫)「おおぜい呼ぶの？」

(妻)「ひとりだよ」

(夫)「なんだ、おおぜい呼ぶのかと思った」

(妻)「ひとり、みづきちゃんっていう、今年入ってきた、すごくいい子がいて、わたし好きなの、すごい、このあいだ、だからみづきちゃんに、今度うち遊びおいでよって、誘っちゃったのねつい、でもそしたら、『えー、いいんですか？　嬉しい、行きますー』って言ったから、じゃあ来たら料理作っておもてなしするからって話に、実はふたりのあいだでは、すでにもうなってるの」

（夫）「別に、次の土日でも、いいんじゃない？」

（妻）「そう？」

（妻）「日曜より、土曜のほうがやっぱりいいかな？」

（夫）「どうして？　次の日仕事だから？」

（妻）「終わったあとの後片付けお酒飲んだりしてめんどくさくなったら、いいやもうあしたの朝やればってことにしちゃえるし土曜だと」

（夫）「でも、次の日曜日に来るんだったら、夜、テレビみんなで一緒に見ようよ」

（妻）「テレビって？」


テレビというのは、選挙の投票日、その夜にやる、結果速報のテレビのことです。

バスは、書いてある予定より、遅れています。

でも、もう少しで、バスは来ます。

〈バスが来る。ふたりはバスに乗り、そこを立ち去る〉

第二場

男のひとの奥さんは、まもなくひとりの女のひとが、ここに現れます、そのひとです。

〈女が登場〉

このひとは、今、ソファに腰掛けています。
革張りの、ソファです。

ソファは、ときどきこのひとが、あるいはこのひとと夫のふたりが、腰掛け、果物をつついたり、飲み物を飲んだり、音楽をかけてそれを聴いたり、なにか読んだりして過ごす、ソファです。

アームレストが、幅が広くて、枕みたいに頭をもたれさせられる、ソファです。

このひとは、夫がもうすぐ帰ってきます。

床は、木のフローリングです。

クルミの木の、フローリングです。

今日、二〇〇九年八月二十九日土曜日の、午前中、夫とふたりして、このひとは、フローリングに、ワックスをかけました。

ワックスは、もう乾いています。

その女のひとは、幸せなひとでした。

女のひとは、ときどき、思います、わたしは、幸せになるというのは、どんなひとでも、すぐにできることだと思う。

なぜなら、幸せというものは、とてもささやかなことからでも導かれ得るものだから。

わたしが幸せなのも、だからなのだ、つまり、誰でもそうなれることだから、わたしもそうなれている、というだけなのだ。
女のひとは、夫がもうすぐ帰ってきます。

（見知らぬ男）「ごめんください」

インターホンが、この声のする十秒前に、鳴っていたのでした。

（妻）　「どなたですか？」
（見知らぬ男）「わたしのことを知っておいでではないと思いますけれども、わたしは知っています。わたしは、あなたは幸せだということを知っています」
（見知らぬ男）「わたしは、そうではありません、つまり、幸せではないのです、そのことを知っていただくために、ここに立っています、わたしは、こんなふうに立っているのは、ただそのためにです。それ以外のことはなにもありません」

女のひとは、ソファから、いつのまにか、立ち上がっています。

(見知らぬ男)「そうです、わたしは幸せな人間ではありません、なぜなら、わたしはあなたのように、自分のことを幸せと感じることがありません」
(見知らぬ男)「わたしは、こうして生きているわたしの時間のどのようなひとときも、幸せを感じられません、むしろ反対であって、わたしは、幸せではない、そう思っている人生の時間、ことあるごとに、わたしの実感として、ことさら強くそう思っているのです」
(見知らぬ男)「それは、なぜなのかと言えば、もちろん、ひとつは、お金の問題です。わたしは、お金に困っていますから、幸せではありません」

ワックスの、牛乳の匂いが、まだ、少しだけ残っています。

(見知らぬ男)「あなたは今、それは必ずしも関係ないのではと思いましたか？　もしも、ひとがお金に困っているとしても、それを補ってあまりあるようななにかがそのひとにあるとしたら、なにかというのはつまり、それがあれば他になにもなくても幸せだと感じられるなにかということですが、そうしたものがあれば、自分を、幸せという状態へと導かせていくことができるはずだ、そうしたものがなければ、たとえお金に困っていなくても、幸せではないはずだ、と思っていますか?」

女のひとは、そういえばコーヒーを切らしていることを、思い出しました。


(見知らぬ男)「わたしは、お金をめぐんでほしいのではありません」

(見知らぬ男)「それでは、どうしてわたしは、ここにいるのでしょうか?」

(見知らぬ男)「わたしは、わたしが幸せではない、そのことを知ってもらいたいと思っているのです」

(見知らぬ男)「幸せではない、ということは、幸せである、ということの外側に、それを取り巻く感じで、あるものです」

(見知らぬ男)「わたしは、あなたの幸せの、水かさといったものがあるとして、それは、たとえばこのくらいの高さ、あるとします、そしてわたしのは、それと較《くら》べると、段違いにですね、このくらい低い、というこれを、均《なら》して、平均してこのくらいに揃えたいというようなことを、したいと思っているわけではありません」

女のひとは、夫が、あと五分で帰ってきます。

〈五分間を、計りはじめる〉

(見知らぬ男)「わたしは、あなたの前でこうして話しているのは、こうすることによって、わたしの状況が変わる、もちろんそれは、ましなほうに変わるということですね、だとか、状況を自分の力で、とにかく変えてみせようということを、思っているようなところは、ありません」

(見知らぬ男)「それは、わたしは、そういうことが起こるなんてあり得ないと思っているからでしょうか?」

女のひとは、来週は久しぶりにヨガの教室に行きたいと、考えています。

（見知らぬ男）「わたしは、わたしが幸せではない、そのことを、知ってもらいたい、わたしは、ここに立っている目的は、それだけです。だから、わたしのことを迷惑だと、あなたは、思わないようにしましょう。あなたは、わたしがこうして今、あなたの目に見える範囲にいて、わたしが、わたしはあなたのように幸せではないのですと言うことを、話すのを、ちゃんと聞きましょう。そして、もうじゅうぶんに聞いたから、もう聞きたくないというふうには、あなたは、思わないようにしましょう」

床は、ワックス掛けの甲斐《かい》あって、光沢が、ピカピカです。

（見知らぬ男）「幸せである、ということは、幸せでない、ということに取り巻かれて、その中側にある感じのものです、わたしが、幸せなあなたに向かって、わたしは幸せではないのです、というわたしのことを、こういうふうにして、差し出し続けていることを、やめさせることはできないことを、あなたは、しっかりと理解しましょう」

（見知らぬ男）「わたしは、このようにすることで、わたしの気が少しはおさまるから、というような理由が第一で、こういうことをやっているのではありません、わたしは、わたしの存在の、この幸せではないことを、あなたに向かって、こういうふうに差し出し続けていて、一向によいのですけれども、そのことを、あなたは、理解して、わたしの話を、聞き続けていましょう」

女のひとは、喉《のど》が渇きました、冷蔵庫の中に水は、まだ残ってたでしょうか？

〈ここで五分が経過する。すると、夫が登場〉

（夫）「ただいま。（返事がないので）ただいま」

（見知らぬ男）「あなたは、わたしの、こうして話を続けている存在のわたしを、う

とましく思って、どうにかしてそれを、それをというのは、わたしの存在をということです、そういう話をわたしがしているということをです、それをあなたの目に耳に、届かないところに、締め出そうとする気持ち、それは、持つのをやめましょう。なぜならば、それは、そもそも、できないことです、そのうえ、そんなことは、そもそもしてはいけません。たとえば、あなたが、玄関のこのドアですね、このドアを閉めたとします、それでも、それはあまり意味がないことです、なぜならば、たとえば、わたしがこうして話をしている目の前で、あなたがもし、わたしに対してものすごく、露骨に、目をつむったり、耳を塞《ふさ》いだりするとします、でも、それはあまり意味がないことです、なぜならば、そんなことは、ほとんど役に立ちませんから、不可能なのです」

（見知らぬ男）「わたしが、あなたの目に見える範囲、そんなところにいたらあなたが気に留めないわけにはいかないというところに、立つこと、それは、いつでもしていいことです、その事実を、あなたは、受け入れましょう」

ほんとうは、こんなふうな、見知らぬひとは、やってきません、マンションは、オートロック方式だからです。

（見知らぬ男）「わたしは、定期的に、これからも、幸せでないということの存在の、わたしを、あなたの目や耳が察知できる範囲内に、置いて、それによってわたしの存在を、あなたに知らせるということを、します、それは、そうしてもいいからです、あなたは、わたしが来たときはいつでも、すすんで鍵を開けましょう、いつも鍵は、しめないで開けておきましょう」

（妻）　「わたしは、幸せになるというのは、どんなひとでも、できることだと思います」

（見知らぬ男）「そんなことはないですよ」

（妻）　「いいえ、そんなことあります。なぜなら、幸せというものは、とてもささやかなことからでも導かれ得るものだからです」

（見知らぬ男）「幸せがささやかなことから導かれるという、そのことのためには、条件がありますよ、その条件がない人間にとっては、そういうわけにはいかないですよ」

（妻）「条件なんて、必要ありませんよ」

（妻）「あなたが言っている、条件というのは、どんな条件ですか？」

（見知らぬ男）「どんな条件か？　条件は、その時点ですでにある程度幸せであることというのが条件ですよ」


（夫）「ただいま」

（妻）「お帰り」

（妻）「四時過ぎくらいにみづきちゃん家に着くって」

（妻）「だから少し早く開始する感じになるけど」

（夫）「四時過ぎって、もうすぐだね」

（妻）「そうなの」

（夫）「掃除とか終わった？　トイレとか」

（妻）「終わったよ」

（夫）「ありがとう」

第三場

みづきちゃんは、駅ビルの輸入食品屋さんの紙袋をぶらさげています。

ワインを一本と、チーズを二種類買ったのが入っている、紙袋です。

チーズは、みづきちゃんがこれから訪れる、沢田さんと、沢田さんの、ご主人の、趣味が分からないので、ひとつは黴《かび》のないやつで、もうひとつも、黴がさほどキツくないやつです。

ほんとうは、みづきちゃんは、チーズは、ニオイのものすごくキツいのが、好物なのですが。


みづきちゃんは、お店の中でワインを物色中、ワインを買うのは一本か、それとも二本にするか、迷いました。

あるいは、こういったことを迷いました、買う本数は一本だけど、二本分くらいする値段のやつを一本、にするかどうか。

お酒ではなく、お菓子、ケーキやシュークリームのようなのがいいのかもしれない、とも考えました。


みづきちゃんは、電車に乗っています。

みづきちゃんは、沢田さんのご主人は、どんなひとだろうと、考えています。

みづきちゃんは、電車に乗るのは、ほんの十分足らずなので、紙袋を網棚に乗せず、手で持ったまま、立ってます。

ドアのそば、ドアと座席のあいだの幅に、立っているのです。

みづきちゃんは、すぐ脇の座席に座っているひとが、ひとり、音楽を聴いて、携帯の画面を見ていました。

その（すぐ脇の座席に座っている）ひとが聴いている音楽が、ほんのわずか、漏れてきています。

その曲がなにか、みづきちゃんには、分かりました。

どうしてそんな、昔の曲を、そのひとは聴いているんでしょうか？

みづきちゃんは、もしワインを二本買っていたら、ずっと手で持ったままにはしなかったでしょう。

みづきちゃんは、電車のドアの上に取り付けられている、液晶モニターを見ています。

このくらい（とやってみせる）のサイズの、モニターです。

英会話教室の広告が流れています。

みづきちゃんは、英語が話せません。

続いて、ビールの広告が流れます。

みづきちゃんは、ビールはあまり飲みません。

続いて、ゲームの広告が流れます。

みづきちゃんは、そのゲームは、もう買っていました。

続いて、ミュージカルの広告が流れます。

みづきちゃんは、そんなものは見ません。

続いて、ニュースが流れます。

今流れているのは、選挙の関連のニュース。

「両党首、最後は池袋で対決」

「期日前投票、過去最高１０９４万人」


ところで、かつてこのモニターから流れていたのを見た記憶というのがこの彼女にも残っている、ニュースというのがあって、それは二十代後半の、無職の男が、罪もない、そしてその男となんの関係もないひとを、何人も無差別に殺した、という事件のニュースで、彼女的には、その犯人が、自分と同い年で、そのことは彼女はこのモニターで、その事件の記事を読んで、男が捕まったときに、男の名前の次にある括弧の中の年齢の数字を見て、あ、同い年だ、と知って、その手の事件はほかにもわりと、ほとんど定期的にと言っていいくらい、起こっていますけれども、それらと違ってその事件だけちょっと特別な感じで、彼女の中に残っているのは、やっぱり同い年というのが大きな理由です。

みづきちゃんは、もう電車を降りています。

みづきちゃんは、沢田さんと沢田さんのご主人の家のある、マンションまで、徒歩九分、歩いています。


〈九分間を、計りはじめる〉


そう、これは、みづきちゃんが歩いているところです。

みづきちゃんは、沢田さんのご主人は、どんなひとだろうと、考えています。

みづきちゃんは、街頭で美容室のチラシが配られています、それを受け取らないで、通り過ぎます。

気温が三十度を超えていて、みづきちゃんは、ちょっと汗ばんでいます。

みづきちゃんは今、さっき電車の中で、イヤホンから漏れて聴こえてきた曲が、頭の中で流れています。

みづきちゃんは、沢田さんの入居しているマンションの建物が、近づいてきます。

マンションの正面と面した道路の反対側の、一郭が、公園になっています。

滑り台や、鉄棒や、ブランコがあります。

小学生の女の子がふたり、暑さの中、二台のブランコに並んで乗っています。

ふたりの女の子は、漕《こ》ぐブランコの勢いが、次第について、揺れている大きさを競っています。

女の子は、どちらもよく陽に焼けています。

ブランコを支える柱の脇に、透明なビニールの、プールバッグがふたつ、置かれています。

どちらのプールバッグにもおんなじキャラクター、女の子たちに人気のやつが描かれています。

きっとそれは、このふたりのプールバッグです。

ふたりは、ビーチサンダルを履いています。

ひとりはピンクの、もうひとりは水色の、ビーチサンダルです。

みづきちゃんは、ブランコのそばの、ベンチに、男がひとり、座っているのに気がつきました。

男は、コンビニのパンを食べて、ペットボトルのお茶を飲んでいます。ブランコの方向をじっと見つめているように見えます。

若い大人の男です。

みづきちゃんは、もしかして、このひともわたしと同い年くらいかも、と思います。

ふたりの女の子は、ブランコを、激しく漕いでいます。

女の子は、ふたりともスカートをはいています。

みづきちゃんは、公園を眺めるのを終わりにします。


もうすぐ、沢田さんの家のインターホンが、鳴ります。

〈ここで九分が経過する〉

（みづきちゃん）「こんにちは」

（妻）「ありがとう、来てくれて。迷わなかった?」

（みづきちゃん）「だいじょうぶでした」

（妻）「夫です」

（みづきちゃん）「はじめまして」

（夫）「はじめまして」

（みづきちゃん）「今日は呼んでいただいてありがとうございます」

（妻）「じゃあ、中にどうぞ」


この家の夫婦ふたりとみづきちゃんは、さっそく、食事がはじまります。

テーブルに、みづきちゃんの持ってきた、ワインとチーズ、それから、近くにあるという、おいしいパン屋のバゲットが、並んでいます。

テーブルには、ほかにも料理は、いろいろ並んでいます。

バゲットは、たまたまこの家の夫婦の、妻のほうが買っておいたのが、せっかくみづきちゃんワインとチーズ持ってきてくれたからということで、出されたものです。

沢田さん夫妻とみづきちゃんは、おしゃべりします。「沢田さんたちは、新しいところにはいつ越すんですか?」「来年の、今のところは、春が予定だね」とか。「沢田さんたちって、結婚されたのはいつだったんですか?」「結婚は、二〇〇五年の九月」「じゃあ、もう四年なんですね」とか。

たとえば、夫婦の、夫のほうが、こういう話をもしました。「俺今日自分のことでよくわかったことがひとつあったんだよ。ここまで帰り、バスに乗ってきたんだよ、そのバスに乗るのに並んで待ってたときにね、待ってるあいだ、俺の前に並んでたやつがひとり、男がいたんだよ。耳でそいつは、音楽を聴いててさ、ずっと」「それで俺、あー俺はこういうやつがなんだか心底嫌いなんだなって気がついたんだよ。たぶんこれは生理的になんだよ、だからしょうがないんだけど、すごくイラってくるんだよ。なんでなのか、自分でもよくわかんないんだけどさ。そいつは別に、ただ並んでバス待っていただけで、俺のほう睨《にら》み付けてきたわけでもないし、ときどきちらちら見てたわけでもないしさ、俺の気に障るようなことをなにかしたとかさ、いうのでは特にないいんだけれども。だって、俺今も、そいつのことがすごいむかついてて、頭から全然離れないんだよ。ほんとに、思い返すだけでも、むしゃくしゃするんだよ、俺そのとき、あやうく殴りそうになったもんね、心の中ではさ。もちろん、殴らなかったけどさ。あいつ、なんだったんだい、いったい、ていうね」

料理は、最後はフルーツが出ます、葡萄《ぶどう》です。

飲み物は、紅茶を飲みました。コーヒーは、あいにく切らしていたからです。

〈沢田夫婦とみづきちゃん、登場〉

（妻）　　　　「遠いのにありがとう、来てくれて」
（みづきちゃん）「ほんとうにごちそうさまでした」
（夫）　　　　「よかったらまた来て下さい」
（みづきちゃん）「はい、今度の新しいマンションにもおじゃまさせて下さい」
（妻）　　　　「じゃあまた来週」
（みづきちゃん）「はい、では失礼します」

第四場

（妻）

わたしたちは、ソファに、並んで腰掛けています。
わたしたちは、時間はまだ、寝るには早いので、もう少し、起きています。
今日はみづきちゃん来てくれて、楽しかったねと、夫が言いました。

（夫）

わたしたちは、部屋にテレビが付いています、それを眺めています、ニュースをです。
わたしたちは、あしたの今頃も、テレビを見ているでしょう。
テレビを眺めながら、妻が、頭を、肩に預けてきました。

（傷ついた別人）

この夫婦は、マンションの、住んでいるのは、七階です。

この夫婦は、来年入居予定のタワーマンションでは、二十五階に住む予定です。

高いところが、この夫婦は、好きなのでしょうか？　この夫婦は、バカなのでしょうか？


（妻）

夫は、わたしの髪が、夫の肩の、鎖骨のあたりに触れているのを、感じています。

わたしは、夫の鎖骨の出っ張りと、くぼみとを、頭皮のところで感じています。

選挙、午前中のうちに行けたらいいね、と夫が言いました。


（夫）

妻が、顔を動かして、鼻の頭を、首筋に押し付けてきています。

妻は、選挙に行ったらそのまま、どこかに出かけない？　と言います。

わたしは、手のひら全体が、妻の髪の毛を、触っています。

（傷ついた別人）

女のほうは今、男のほうに話さずにいられないものを、持っています、それをついに、話します。

聞いてくれる？　わたし、今、とても怖いの、というのが、その話しはじめです。何が怖いのか。女はやがて、それを話しはじめます、涙を目にあふれさせながらです。

（妻）

わたしは、今、目を赤く腫らしています。

夫の手のひらが、額にかかるわたしの前髪を、ふたつにわけます。

わたしは、幸せな人間です。でも、わたしがこうやって幸せでいていい、なにか理由、というのは、なにもないのです。

（夫）

わたしたちは、ソファの上に、横になって、重なっています、妻が下になってです。

妻は、わたしは自分が幸せな人間だと思う、でもときに、こんなふうに幸せでいていい理由が、あるわけではないということについて、どうしたらいいのか分からなくなる、と折に触れて言います、今も、そう言っています。

わたしは、僕だってどうしたらいいか分からないよ、と言います。

（妻）

わたしは、ベージュのブラウスを着ています。半袖のブラウスです。

わたしは、僕だってどうしたらいいか分からないよ、という夫の言葉、それは、幸せでいていい理由がないことが、僕だってどうしたらいいか分からないよという意味で言ったのか、それとも、そんな理由でわたしに泣かれてもどうしたらいいか分からないよという意味だったのか、分からなくて、困惑します。

夫の手は、ブラウスのボタンを外すか、それとも外さずに、服の中に入っていくか、少しためらってから、ボタンを外します。

（夫）

テレビはまだ付いています、注目の選挙区、とかそういった話題で、盛り上がっています。

わたしは妻に、尋ねます、なにか、そういうことを考えさせてしまうような出来事が、最近あったの？

妻は、首を横に振ります。

（妻）

わたしは、今は、何も着ていません。

わたしは、今、横になり、両脚を、まっすぐに伸ばし、硬くして、宙に浮かせています。

夫は、わたしの体をなでています、さっきから、ずっと、手や舌を使ってです。

わたしは、今、背中を反っています、首も反っています。

頭のてっぺんで、ソファの座る面に触れています。

わたしは、わたしも夫になにかしたくなります。

でも夫は、しなくていいと言って、わたしたちは、しばらくこのままでした。


（傷ついた別人）

この夫婦は、苦しんでいます。でもこの苦しみは、無傷なまま苦しむ、苦しみです。

快適な部屋で、気持ちよくセックスできるのは、幸せな人間です。


（妻）

夫は、わたしの体をなでるのを、終わりにします。

夫は、わたしの手を握ります。

そして、夫は、だいじょうぶだよ、とわたしに言います。

そういうことがときどき気がかりになることは、あるけれど、そういうのはやがて忘れるし、そうしたら、また普通に、暮らせるよ。

そしてそれは、普通にいいことだよ。

だって幸せに生きているひとが、ひとりでも多いことは、この世界にとってもも望ましいことであるはずだから。

わたしたちは、眠ります。


わたしたちは、わたしたちがこの夫婦とは同じではない、別人であると、言いたい気持ちがあります。

でも、たぶん、そう言い切ることは、できません。


朝が来ます。七時です。投票時間が、はじまりました。

わたしたちは、目覚めて、パンを買いに出かけることにします。今朝食べるつもりだったバゲットを、きのうみづきちゃんが来たとき、出してしまったからです。

わたしたちは、パンを買いに出かけるついでに、投票に行くことにします。

現在地

この戯曲は、劇中劇という設《しつら》えで上演される。七人の出演者は全員、常に舞台上にいる。その場に出てこない役を演じる俳優は、そのあいだは、いわば観客の役をやっている。

演じる俳優は、ほんとうの観客を意識して演じることはもちろん、舞台上の観客役のことも、同様に意識する。

1　ナホコ

アユミとカスミの姉妹が住む家の居間。ふたりのほかに、ナホコがいる。

アユミ　（壁時計を見る仕草）もうこんな時間。私先に寝るわ。
ナホコ　おやすみ。
カスミ　おやすみおねえちゃん。
アユミ　おやすみ。

アユミ、退場。観客役になる。

ナホコ　今からする話信じてくれる？
カスミ　信じるわ。
ナホコ　私、自分でも分かってるの、これは誰にも信じてもらえない話だって。だからこの話は人を選んでしているの。今もそうよ。

間。

ナホコ　おととい、土曜日、夜、ドライブに行ったの。
カスミ　うん。いいわね。コヤマさんと行ったの？
ナホコ　そうよ。
カスミ　すごくいい車に乗ってるんでしょ？
ナホコ　いい車？　そうなのかな。二人乗りの車。
カスミ　スポーツカーね。スポーツカーなんて私乗ったことないわ。
ナホコ　ドライブに行って、そのときに、見たの。とても恐ろしいものよ。

間。

ナホコ　湖のほうまで行ったの、湖に面してる山のいちばん上まで行ったの。湖の上に架かってる橋を渡って向こうまで行って、そこから、クネクネした山道を少し酔いそうになりながらのぼって、のぼりきった見晴らしのいいところから、湖が見下ろせて、空も晴れていて、星もきれいに見えて、そういうところに、私たちいたの。そしたら、その始まりは私も彼も見逃したんだけど、はじめは空には雲ひとつなかったのに、いつのまにかね、大きな雲がね、ひとつだけあって、ぽっかり浮かんでいて、そしてその雲はね、青くぼうっと光ってたの。

カスミ　かみなりの雲だったんじゃなくて？

ナホコ　ううん。雲がそれ自体で光ってたわ。水族館で見るクラゲみたいだったわ。

間。

ナホコ　ねえカスミ、予言の話、知ってる？　この村に、何か分からないけれど、悪いことが起こって、それが原因で、村が滅びるかもしれない、もしかしたら、それが世界がまるごと破滅するところまで及ぶのかもしれない、そしてそういう悪いことが起こる前に、まずその兆しが訪れるんじゃないかっていう予言よ。私、あの雲が、その兆しなんじゃないかなって思ってるの。

カスミ　その噂《うわさ》は知ってるけど、私もおねえちゃんもそんなのはまるで信じるに値しないものだと思ってるわ。それを吹聴《ふいちょう》してるあの占い師みたいな人のこと、真《ま》に受けてるように見える人たちもいるけど、理解に苦しむわ。

ナホコ　兆しがこうして、言われてた通りちゃんと現れて、これはつまり、何か悪いことというのだってもう少ししたらやってくるということだわ。私、こうも思ってるの。あの雲は兆しじゃなくて、あれが悪い出来事、それそのものだったのかもしれない。だとしたら、あれからもう、二日も経ってる、そのあいだに、何か悪いことはもうこの村の中で始まっている。

カスミ　たくさんの科学者の人たちや、有名な大学の先生が、ちゃんと、その噂は根拠がないまやかしだって言ってるわ。

ナホコ　ねえ、ほんとうにそう思って言ってる？　自分の中に何か信じきれないものがあって、不安を打ち消そうとしてやっきになって今みたいなことを言ってるというところは、ない？

カスミ　ナホコがその雲を見たという話は、私、信じてもいいわ。でも、それを悪い兆しだというのを信じるのは、私には難しいの。
ナホコ　私には、そんなふうにふたつを切り分けて考えられるのが、理解できないの。私、あなたにも取り合ってもらえない。ほんとうに、誰にも信じてもらえない。
カスミ　コヤマさんは？
ナホコ　彼とはこの話はしないの。
カスミ　どうして？　一緒にその雲を見たんじゃないの？
ナホコ　でも、今みたいな話を私がしようとすると彼が厭《いや》がるの。彼だけじゃなくて、みんなが厭がる。せめて彼だけでも、私と向き合ってくれてもいいのにと思っていたわ。でもそう思うのは今は私もうあきらめたわ。

間。

ナホコ　あのときの、青く光る雲は、あのときの私たちには、とてもロマンチックなものにも見えて、ちょうど、明るい満月だとか、オレンジ色の夕陽だとか、そういうのと同じような。だから私たちそのときは、その雲のことを二人で見て、そうしながら手を握り合って、ずっとキスしてたの。どう思う?
カスミ　すてきだと思うわ。
ナホコ　すてきじゃないの。彼は、たぶんあの雲の意味を、そういう意味にだけしておきたいの。私は今、それがすてきということじゃなくて、自分たちがあのとき愚かだったってことを言いたくて話したの。

間。

ナホコ　私があの雲を見たことを怖がって、今言ったみたいのと同じことを彼にも言ったの、そしたら彼は、だいじょうぶだよナホコって言ったの。私は彼に、私の不安のほうに彼の気持ちを近づけてきてほしいと思うのに、そういうことをしてみようというふうに思いつきさえ彼はしないみたい。彼が考えるのは、私の気持ちや二人のあいだの空気をとりあえずほぐそうということばかりで、それで私にキスしたりしてくるけど、私はそういうふうに彼がキスすることを使うその使い方がすごくイヤだって、そのとき思ってしまったの。そんなふうなことを彼に対して思ったことなんて、それまで一度もなかったのに。彼のことが少しずつ、好きじゃなくなっていっている気がする。もしこれがほんとうにそうだったら、どうしよう。

ナホコ、泣きはじめる。

カスミ　ナホコ、泣かないで。

間。

カスミ　噂の話は、私は信じないわ。信じないのは、だって、滅びるとか破滅するって具体的にいったいどういうことか、私には全然想像できないからよ。あなたはできるの？　ねえ、ナホコ、泣かないで。滅びるって、ここから見えるものがすべて、壊れて消えてなくなってしまうということ？　そんなことが起こるなんて、本気で想像できる？　私はできないわ。破滅するって、みんながみんな死んでしまうこと？　でも考えてみて。だとしたら、この世界はもともとあちこちで、絶えず破滅しているわ。だって、この世の中には絶えず、死んでいく人たちがいるわ。人が死ぬということは、その人の世界が滅びるということでしょう？　破滅を大騒ぎする人は、じゃあどうして、今このときも絶えず起きているその、ひとりひとりの小さな破滅には大騒ぎしないの？　それはおかしいわ。ねえ、そんなことはない？

間。

カスミ　ねえ、ナホコ、私の今言ったこと、あなたにとって意味のあることになってるかしら？　なってない気がするわ。

声　ときどき世の中に噂が流れると、私たちはそのたびに、選択をせまられるの、その噂を信じるか、信じないのか？　でも、それよりもっと大事な選択もせまられるの。それは、自分が決めたその噂との付き合い方と違う付き合い方を選択した人と、どう向き合うのか？

間。

声

最近鳥のさえずる声が聞こえるのが、少し減ったという噂。季節はずれの鳥の声を聞くようになったという噂。道ばたに生える草の緑色が、少し灰色がかってきたのではないかという噂。反対に、むしろ奇妙に緑がまばゆくなったのではないかという噂。夜中、大きな叫び声、怒鳴り声がどこからか聞こえることが多くなってきたような、という噂。飼っている犬や猫が食欲をなくしている、食べても戻してしまう、そういう話をよく聞くという噂。この村で暮らす人間たちの、夜の愛し合う営みの数が減っているという噂。あるいは反対に、奇妙に増えているという噂。

2 ハナ

アユミとカスミの家の軒先。カスミがひとり、立っている。
そこにアユミが、ハナとともにやってくる。

アユミ　彼女のこと知ってる?
カスミ　見かけたことはあるわ。たぶん村の人だと思うわ。
ハナ　ええ。ずっと私もこの村だから。
カスミ　うん、そうだと思う。
アユミ　私も見覚えはあったの。名前も何も知らなかったけど。名前はハナだって。
ハナ　ええ。

間。

ハナ　今日はいい天気ね。
カスミ　そうね。

間。

アユミ　さっき、外で声を掛けられたの。

カスミ　なんて？

アユミ　知り合いになりたいって言われたの。

ハナ　ええ。私今、一人でも多く知り合いをつくらなきゃと思ってるの。生まれてからずっとこの村で生きてるのに、私は友達があまりいないの。とても恥ずかしいことを話してるのは、知ってるわ。私は一人でいるのが好きなの。それで全然平気で生きてたの、今まではね。でも、このあいだの日曜日以来、今のまま自分に友達も知り合いもいない状態なのが、とても恐ろしく思えてきたの。

間。

ハナ　あしたが土曜日であさってが日曜日だから、あさってであれから一週間ね、まだ一週間しか経ってないのね。私あの日は図書館にいて、画集を見てたの。重たくて大きいし貸し出しはしてないから家に持って帰れないけど、でもとてもきれいな、私の大好きな画家がいるんだけど、その画集を見て過ごしてたの。そうしたら、この前の日曜日は、ものすごいにわか雨が降ったでしょ?

アユミ　そうだったわね。

ハナ　図書館の中でも雨の音がよく聞こえて、すごい雨だわと思いながら、でも、そのまま画集をめくって過ごしてたの。そしたら、図書館の中にね、あの人はちょうど私の母と同じくらいの歳の人だと思うわ、髪の毛が全部きれいに白髪の女の人が入ってきて、その人はびしょ濡れで、そしてその人が大声で、この雨に濡れちゃだめよ!　この雨はきのうの夜のあの不吉な雲が降らせている雨なんだから、これに当たったら一巻の終わりよ!　って叫んだの、その人はでも、全身びしょ濡れなのよ。私はこんなに濡れてしまったからもうだめだわ!　でもみんなはこの雨に濡れちゃだめよ!　絶対にだめよ!　って繰り返し叫びながら、図書館中をうろうろ歩き回って、着てる服からも髪の毛からも、水滴を床にぼたぼた垂らして、図書館は騒然となってしまって、もう静かではなくなってしまって、女の人も職員の人に連れ出されていってしまって、それで私ね、それを見ながら思ったの、この女の人のこと、私以外のほかの人は今どう思ってるんだろう、それがとても知りたいわって。そんなふうな、ほかの人が何を考えてるかを知りたいなんて、私、これより前、一度だって思ったことなかったの。

間。

ハナ　訊いてもいい？
アユミ　何？
ハナ　私は今とても怖いの。
アユミ　何が怖いの？
ハナ　あなたたちは、怖くないの？

間。

ハナ　たぶん私が今怖がってるのは、そんなものを怖がる必要はほんとうはないものを怖がってるんじゃないかと思うの。

カスミ　その通りだと思うわ。私とおねえちゃんもそう思ってるわ。

ハナ　でも私、自分がそれを怖がらなくなるのも、やっぱり怖いの。

間。

ハナ　自分が噂を信じてるのか信じてないのか、自分でよく分からないの。

間。

ハナ　確かな手掛かりがなくて、それなのにどっちかに決めなきゃいけないなんて、無茶だと思うわ。

間。

ハナ　ねえ、お願いがあるの、私の友達になって。

間。

ハナ　そうよね、ヘンなこと言われると、何て言ったのか一度じゃ理解できないことって、私にもあるわ。
カスミ　分かったわ。友達になりましょう。
ハナ　いいの?
カスミ　ええ。
ハナ　ありがとう。
アユミ　私も。友達になりましょう。
ハナ　ありがとう。嬉しいわ。
アユミ　ねえ、あなたが図書館で見た女の人、たぶん、私たちが子どもだったときに習ってた、ピアノの先生だった人だわ。
カスミ　私もさっき、話を聞いてたとき、そう思ってた。

アユミ　厳しくて、怖い先生だったわ。先生の家に行くとたくさんの本があったわ。音楽の本だけじゃなくて、難しそうな本がたくさんあったわ。

間。

ハナ　今日は話せてとても楽しかった。あしたも来るわね。私戻るわ。また話しましょう。さようなら。

カスミ　さようなら、ハナ。

アユミ　さようなら、ハナ。

ハナ　友達になってくれて、ありがとう。

ハナ、退場。観客役になる。

アユミ　ごめん。私なんであの人連れてきちゃったんだろう。

カスミ　いいのよおねえちゃん。おねえちゃんが連れてこなかったとしても、ああいう人が世の中にいないということにはならないんだから。

声　村にこれから悲惨な出来事が起こると言ってる人もいるし、いやもう悲惨なことは日曜に起こってしまってもう取り返しが付かないと言っている人もいるし、それが起こったのは日曜じゃなくて土曜だという人もいるし、何ひとつ起こってないしこれからも起こらないという人もいる。ほんとうはどうなのか、というのは誰にも分からないの。ほんとうはどうなのかは誰にも分からないから、それを尋ねることには意味がないの。

3　サナ

今夜、マイコの家で開かれることになっている集会で、チエの書いた芝居が披露されることになっている。それに出るサナが、姿見の前で衣裳《いしょう》を確認している。アユミがそれに立ち会っている。

サナ　（姿見を見ながら）私、この服やっぱり似合ってないと思うわ。

アユミ　どうしてサナ、似合ってるわ。

サナ　こういうのを好きで着てる人だって思われるんじゃないかと思うと、顔から火が出そうだわ。

アユミ　そんなふうに思う必要ないと思うわ。それに誰もそんなふうに思わないわ。だってそれは、衣裳だもの。

サナ　この服、自分のやりたいようにだけやって周りの人への配慮とかはあまりない人がいかにも着てる服って感じがしない？

アユミ　そんなことないわ。

サナ　私はするわ。私そういう人って嫌い。服って、自分の好きで着てるわけじゃない服でも着させられてるうちにその服のほうに自分が取り込まれちゃっていつのまにかこういう服をほんとに着てそうな人に、自分がなっちゃいそうな気がしてイヤだわ。

アユミ　私はその服、あなたが今言ったのより全然いいイメージがするわ。
サナ　どうして？
アユミ　かわいくて強い人が着てる服って感じがするわ。それにあなたそれとても似合ってるわ。
サナ　それ、別にいいイメージじゃないわ。
アユミ　そう？　どうして？

観客役だったチエ、立ち上がり、この場に登場する。

チエ　サナ、そろそろマイコのところに行きましょう。いろいろ準備をしないといけないわ。（アユミに）サナの服のことを話してたのね？
アユミ　ええ。似合ってるって話してたの。
チエ　ほら、アユミだって私と同じことを言ったわ。
アユミ　サナがやるのはこれを着てそうな人なの？
チエ　そうよ。

サナ　全然違うと思うわ。おねえさんと妹の姉妹がいるの。そして私は妹なの。おねえさんのほうは少し勝手な人なの。妹は反対にしっかり者なの。
アユミ　（チエに）そういう話なの？
チエ　彼女はそう思ったのね。とらえ方は人の自由だわ。
サナ　妹よりおねえさんのほうがこの服の感じに近いと思うわ。
チエ　そんなことないわ。
アユミ　おねえさんはあなたがやるの？
チエ　そうよ。自分で書いて、自分でやるのよ。（突然）大変。私自分が書いた台本家に置いてきちゃったわ。取りに戻らなきゃ。（サナに）先にマイコのところ行っててね。
サナ　分かったわ。

チエ、退場。観客役になる。

アユミ　チエは小さいときからお話をつくるのが好きだったわ。

サナ　この服、彼女のなのよ。自分で買ったくせに似合わないからって全然着てなかったのを、今回の私にちょうどいいんじゃないかって、その思いつきのおかげで今着させられてるの。でも考えてみたら、この服にとってはいいことね。誰にも着られないままでいるよりずっと。

間。

サナ　あなたさっき、この服を着そうなのは強そうな人って言ったわ。
アユミ　ええ。言ったわ。どうして？
サナ　強い人っていうのの中には、わがままな人っていう意味が入ってるんじゃないかしら？　だったら強いっていう言い方分かるわ。
アユミ　そんなつもりなかったわ。強いのとわがままなのとは違うわ。
サナ　もちろん一緒ではないわ。でも、全然違うってこともないと思うわ。強いっていう言葉の中には、我を通して、周りからいろいろ言われたり思われたりして、でもそういうことへっちゃらで気にしないっていう意味が入ってない？　私、一人知っているの、その人はとても強い人なの。女の人よ。誰かほかの人に頼ったりしないの。弱音を吐いたり弱みを見せたりしないの。私そういう強さって、どうしても引っかかるの。その強さの中に、どうしても避けられない形で、それほど強いわけではない人たちに対して残酷にはたらいてしまうものがあるからよ。その人は今の、この村をそわそわさせてる騒ぎに付き合うのなんてまっぴらごめんだわみたいにして、誰よりも早く村を去ったわ。あの人なら、どこに行ってもまた人のつながりを作れるし、仕事も始められるだろうし、生きていけるに違いないわ。それにあの人はお金もじゅうぶんに持ってるはずだわ。

アユミ　サナ、今私、これはばかにしてるんじゃないのよ、あなたは若いんだなって思ったわ。若くて、まじめだって思ったわ。私は、あなたはあなたが今着てるような服に少しくらい取り込まれて、ちょっとくらいそういう人になってしまっても構わないんじゃないかと思うわ。あなたはその服を普段から着たらいいと思うわ。

サナ　私だって今の村のそわそわした感じ、苦しいわ。私はこういうの、苦手なの。人と人がちょっと言い争いしてるだけで、いえ、諍《いさか》いの雰囲気が少しあるだけで、私は気配を感じ取ってしまうの。そういうのに敏感なの。私最近はよく心臓がばくばく言ってるわ。こんなんじゃ持ち堪えられないかもしれないわ。つんとした強さじゃなくて誰の気持ちも傷つけることのない強さって、あればいいのに。

アユミ　あると思うわ。

サナ　私、そういうのがあると思えるのは結局ただの言葉の綾《あや》でしかないかもしれないって気がしてるわ。

アユミ　そうかしら。そこまで行くと難しくて、私はよく分からないわ。でも、あなたはきっとこれから何年かしたら、もっと強い人になれていると思うわ。だからあなたそれが今、あらかじめ似合ってるんだわ。

サナ　似合ってないわ。私、この服を着てるの恥ずかしいわ。

観客役だったマイコ、立ち上がって、みなの前に立つ。

マイコ　そして夕方に、マイコのところで集まりがあったのよ、つまり、私のところで。

4　マイコ

マイコの家。テーブルセットの椅子《いす》に、ナホコとチエが座っている。テーブルの上に置かれた籐《とう》の籠《かご》の中に入ったお菓子を食べ、お茶を飲んでいる。

ナホコ　おいしいお菓子って、人をほっとさせる力があるわ。今だってものすごくはっきり働きかけてくれてるのが分かるわ。政治家とか、そんなのよりもずっと意味があるわ、おいしいお菓子のほうが。おいしいお菓子を作れる人のほうが。そのどっちとも、すごく価値があるわ。お菓子のほうがずっと偉いわ。まるで比べ物にならないわ。

間。

チエ　コヤマさんと終わりにしたのはあなたから言ったの？
ナホコ　そうよ。

マイコ、登場。

ナホコ　マイコ、お菓子、とてもおいしいわ。
マイコ　よかったわ。この前よりおいしくできたと思ってるわ。
チエ　あなたのお菓子、どんどんおいしくなってるわ。

間。

マイコ　ナホコ、前に会ったときより顔色がよく見えるわ。

マイコ、テーブルの籠を取る。ゆっくり、観客役の俳優たちそれぞれの前へとまわって、お菓子を勧める。観客役はみな、お菓子を手に取り、口にする。

ナホコ　（そのあいだに）湖の魚がたくさんお腹を上にして死んでたのを見たって人がいるって聞いたわ。水面の一部分から寒い冬の朝でもないのに水蒸気がもうもうと立っているのが見えたって言ってる人もいるらしいわ。

間。

チエ　じゃあ、始めるわ。これからする話は、おとぎ話みたいにして話すわ。あるところに、日本という国があったわ。少しずつ荒れ果てていって、最後には内戦が起こって、なくなったも同然になってしまったわね。これはその内戦がまだ始まったばかりの頃のことよ、ある姉妹が、一緒に暮らしていたの。ちょうどアユミとカスミちゃんのところみたいに。おねえさんがタエコで、妹がシノブよ。その姉妹はアユミとカスミちゃんに負けないくらい仲良く暮らしてたの。でもね、それが、変わっていってしまったの。今からやるのはそういうお話よ。

以下、チエがタエコを、サエがシノブを演じる。
タエコが窓の外の夜更けを眺めながら一人立っている。そこにシノブ登場。

タエコ　まだ起きてたのね。寝たんだと思ってたわ。
シノブ　眠れなかったの。眠れない状態でずっと横になってるのって、知らなかったけど、信じられないくらい苦痛だったから、切り上げてきたわ。眠れなくなってしまう人がいるのは知ってたけど、そんな人のこと全然分からないと思ってたわ。まさか自分がこうなるなんてね。

間。

シノブ　おねえちゃんも眠れなかったの?
タエコ　眠れるはずないわ。ときどきあくびが出るだけだわ。

間。

タエコ　ねえ、私が、もうこれ以上この国で暮らし続けられないと思ってるのは、おかしいのかしら？

シノブ　私は私の考えしか言えないわ。

間。

シノブ　私たちの今の暮らし、どこにでもある普通の平和な暮らしと、何も変わらないわ。家のすぐ前で絶えず銃声がするわけでもないわ。近くの道ばたに地雷がしかけられてるわけでもないわ。洗濯物も干せるし、自転車に乗って買い物にも行けるわ。私が怖い物知らずだからじゃないわ。ただ、怖がる必要がないからよ。

タエコ　あなたのその感覚も、分かるわ。分かるけど、「そうね」とは言えないわ。なぜ分かるのに、言えないのかしら？

タエコ　たぶん、私が愛着が薄い人間だからだわ。だから、ここで暮らすことは危険だからもうできないって思うんだわ。

間。

タエコ　私、自分がつまらない人間だと思うわ。ふるさとっていう思いが、薄いの。普通の人だったら、自分が生まれて育った場所のことは、今の私が思っているのよりももっとちゃんと愛着を持って、ふるさとだわ、って思うはずだわ。あなたはそうでしょ？

シノブ　おねえちゃんよりはそうだと思うわ。

タエコ　ここがふるさとだって、言えるでしょ。

シノブ　ええ、言えるわ。ここが私のふるさとよ。ここの風景が好きだし、ここの人たちも思い出も愛してるわ。

タエコ　羨《うらや》ましいわ。私はそんなこと言えないわ。ふるさとっていう言葉の感触を、どうしても、なめくじみたいだと思ってしまうの。

シノブ　私おねえちゃんがいなくなったとき、そのことをみんなになんて言って説明したら、いちばんおねえちゃんがみんなから悪く思われないで済むかってこと、考えちゃうの。そんなこと考えてるのがイヤだわ。おねえちゃんは、差し迫って考えすぎよ。おねえちゃんは、だいじょうぶよ。だって、昔から運がいい人じゃない。

タエコ　私、どうしてあなたの言ってることに、説得されないんだろう？　ちょっとしたことひとつか、多くてふたつだと思うの。その具合がなにかほんの少しだけ変わるとか、そのくらいのことで、あなたに説得されるようになれそうにも思うんだけど。

間。

タエコ　そんなことないかしらね。もっと根っこのところで、考えが違うのかもしれないわ。姉妹なのにね。

間。

タエコ　新しい、村っていう名前で呼ばれてる場所の、計画のこと、私あした、話を聞きにいくわ。あしたじゃないわね、日付で言ったら、もう今日ね。

シノブ　そういうのがあるのは知ってるわ。何人それを聞きに行くのかしら。おねえちゃん一人だけかもしれないわね。

タエコ　そうね。そうだったら、どう思う？　いい気味って思う？

シノブ　おねえちゃん、わくわくしてること、私には隠さなくていいけど、ほかの人には見せないでほしいわ。おねえちゃんが感じ悪く取られちゃうから。

タエコ　ねえ、そんなこと気にしたくないわって言ったら、だめかしら？　私ここの人たちに嫌われても別に平気って思ってるわ。

シノブ　だって愛着がないんだものね。ずっと思ってたこと言うわ。私、おねえちゃんが日本がイヤなのはほんとうは戦争は関係ないんだと思うわ。ずっと前から逃げたいと思ってたのよ。違う？

タエコ　別に、責められなくていいことだと思うわ。

シノブ　責めてないわ。

タエコ　私ね、もう想像しはじめてるの。村っていう場所は、なにもかもがこれから新しく始まる場所だから、全部そこに携わる人たちで、ゼロから作ることになるんだわ。私みたいな考えの人でも責められたりしない、責められることが当たり前では全然ないような社会が、村に作られたらいいわ。

シノブ　やっぱりそうだったわ。今のは、おねえちゃんは自分の理想だけ思い描いて、ここで今大変な目に遭ってる人たちのことなんて何も考えてないということだって意味にとってもいいわよね？

間。

シノブ　おねえちゃんと言い争いしてるなんて、現実味がない、悪い夢を見てるみたいだわ。いっぱい一緒に遊んだし、ずっと、とても仲がよかったのに。

ナホコ、突然立ち上がる。その勢いに気圧《けお》されて、タエコとシノブの芝居が中断される。

ナホコ　みんな神妙な顔をして見てるけど、今起きてることから目を逸らすのに便利だからそうしてるだけなら、意味がないし、狂ってるわ。狂ってるのはお前のほうだろうって今、思ったかもしれないけど、あともう少しで私が狂ってるってこと、少なくとも人からそう思われる割合は、ずっと下がるのよ、だって、もう少ししたらこの村は破滅するからよ。

ナホコ、退場。観客役になる。

マイコ　ナホコ！

マイコ、後を追いかけて退場。

シノブ　（中断された芝居を再開しようとする）重力も太陽も自然のじゃないところで暮らすなんて話に飛びつくだなんて、私には考えられないことだけど、そんなふうになってしまうくらい、おねえちゃんはここの暮らしを愛せなかったのね。私、そう思うことにするわ。かわいそうなおねえちゃん。

チエ　……やめましょう。ばからしいわ。

チエとサナ、退場。観客役になる。やがてマイコ、戻ってくる。

マイコ　ナホコは、行方をくらましてしまったわ。追いかけたけど、見失ってしまったの。待ってナホコ、って叫びながら追いかけたんだけど。でも、逃げてる人が「待て」って言われて言うこと聞いて立ち止まったことなんてたぶん人類の歴史上、一度もないわ。それなのにどうして私もそうだけど、相変わらずそういうときに「待て」って言ってしまうのかしら。ナホコ、いったいどこに行ったのかしら。私、彼女と一緒に怒る練習ができたらと思ってたんだけど。

間。

マイコ　私たぶんほんとうは今、怒ってるの。それも、ものすごく怒ってると思うわ。でも、そう見えないでしょ？　何を信じていいのか分からなくさせられてしまったことに怒ってるはずなのに。すごく怒りたいと思ってるのに。

マイコ　でも、私、そう見えてないでしょ？　怒るのが、下手なの。だからナホコと一緒に練習できたらと思ってたんだけど。彼女だってそんなに上手じゃないもの。

間。

マイコ　私は、無理するのをやめて、怒らない生き方をしようってするべきかしら。私に向いてるのはそういう生き方だわ。

間。

マイコ　この村に来た私のおじいちゃんおばあちゃんの代の人たちは、怒る力を生きる糧にしているような人たちだったに違いないわ。怒っていたからあの国を離れてここに来たはずだから。私は、この村に来なかった人たちのほうに血が近いのかもしれないわ。

5　カスミ

　2と同じ、アユミとカスミの家の軒先。カスミが立っているところに、ハナがやってくる。

カスミ　ハナ、来ると思ってたわ。
ハナ　こんにちは。
カスミ　今日はおねえちゃんは出かけてていないわ。
ハナ　ええ。でも、あなたがいるわ。
カスミ　そうね。
ハナ　この前あなたたちが言ってたこと、ほんとうみたいだったわ。私が図書館で見た女の人は、ピアノの先生をやっていた人みたいだわ。

カスミ　でも、昔の話ね。
ハナ　ねえ、あなたの今の気持ちは、この前から変わった？　それとも同じ？
この村が滅びるという話は嘘《うそ》だって、まだ思えてる？
カスミ　私もおねえちゃんも、何も変わらないわ。あなたはどうなの？　噂を信じるか信じないか、決められた？

間。

カスミ　決められてないのね？
ハナ　ええ。気持ちが定まらないの。自分がほんとうはどうしたいのか、よく分からないままなの。
カスミ　この前も同じようなこと、あなた言ってたわ。
ハナ　ええ。
カスミ　それから何も変わってないのね。
カスミ　私たちに会いに来たみたいに、ほかにもいろんな人に、話をしに、会いに行ったんでしょ？
ハナ　ええ。

間。

ハナ　ごめんなさい。そんなにたくさんの人には、会いに行けなかったわ。
カスミ　そうなの。私たちのほかには、何人の人に会ったの？
ハナ　ほかには、会いに行かなかったわ。
カスミ　私たちのほかには、一人も会いに行かなかったの？
ハナ　ええ。ごめんなさい。
カスミ　謝らなくていいわ。
ハナ　あなたたちが友達になってくれると言ったから、嬉しくて、それでもう満足してしまったの。
カスミ　だったらハナ、あなたは、私やおねえちゃんが考えるのと同じように考えたらいいわ。分かる？　噂を信じる必要はないわ、あなたは噂に怯《おび》えなくていいのよ、って言ってるの。
ハナ　分かるわ。噂を信じてる人って、少しみっともなく見えるわ。でも、あの噂を全然信じないのも難しいわ。
カスミ　どうして？
ハナ　だって、……それでほんとうに合っているのか分からないもの。
カスミ　あなたは、気持ちが揺れ動く人なのね。

間。

カスミ　じゃあ、こうしたら？　硬貨を投げて表が出たら滅びる、裏が出たら滅びないって信じる、ってことに決めるの、そして投げて、その結果に従うの。
ハナ　でも、表が出るか裏が出るかは、偶然だわ。村が滅びるか滅びないか、偶然でどっちかに決められないわ。
カスミ　じゃあ、そのためだけの特別に大きな硬貨を作ったらどうかしら。鋳型《いがた》を特注して、山よりも大きいような硬貨を作るの。そして、それを投げることができる雲に届くような怪力の大男に来てもらって、投げてもらうの。それが表だったら、村が滅びるって信じるの。裏だったら、滅びないって信じるの。

ハナ　でも、そんな大男なんて、いないわ。

カスミ　そりゃそうよ。いるわけないわ。私、あなたのためにいろいろ考えを絞ってあげてるのよ。

ハナ　ええ。ありがとう。

カスミ　ハナ、いちばん大事なことは、気持ちがいたずらに揺れ動かないようにすることよ。分かる？

ハナ　ええ。

カスミ　人は弱いものだから、放っておくと気持ちはそこにつけ込んでくるわ。そしてどんどん揺さぶってくるの、そして人を不安にするわ。

ハナ　そうね。

カスミ　でも揺さぶられちゃいけないのよ。弱くてはいけないの。

ハナ　私はとても弱いわ。

カスミ　知ってるわ。でも、弱いのはだめなのよ。それは許されないことなの。どうしてか分かる？　不安は、人を過ったことに走らせることがあるからよ。笑って済ませられる過ちもあるけど、それでは済まされない大きな過ちも、これまで歴史の中で、いっぱい起きたわ。罪のない人がたくさん殺されて、見殺しにされて、ねえ、ハナ、そういう人たちを殺したり見殺しにしたのは、どんな人たちだったのかしら？　生まれつき血に餓《う》えて凶暴な、残虐な悪人だったとしたら、私たち別になにも心配することはないわ、あなたも私もそんな人間ではないもの、でも、取り返しの付かない過ちをしたのが、その人たちが不安に怯えるあまり自分を失ってしまったからだったとしたら、同じことを私たちだってしてしまうかもしれないわ。そう思わない？　ハナ、不安を感じてはだめよ。不安には、打ち勝たなければいけないわ。私は、気持ちがいたずらに揺れ動かないように、心がけてるわ。自分の気持ちを不安にするものが、自分に近づいてこないように、自分にまとわりついてこないように、私は心がけてるわ。

ハナ　私もあなたみたいに、不安にならないようになりたいわ。

カスミ　やろうと思えば誰だってできるわ。まずは、落ち着くの。できる？　落ち着くことが自分の力で、できる？

間。

カスミ　できないのね。じゃあ、どうしたら落ち着くか教えてあげるわ。目を閉じて。目を閉じて、自分の息の音を聞くと、人は必ず落ち着けるのよ。

ハナ、目を閉じる。カスミがハナの首をスカーフで絞める。

ハナ　やめて、死んじゃうわ。
カスミ　やめないわ。それに、あなたがほんとうはやめてほしくないと思ってるのも知ってるわ。

ハナ、死ぬ。

カスミ　だって、あなた最後まで目を閉じたままだったもの。

カスミ、ハナの死体を舞台前方まで引きずる。これは、死体を湖の中に沈めて隠したことを意味する。

カスミ　ハナ、私たちは、今みたいに世の中がそわそわしているときは特に、不安に陥らないように心がけなければいけないのよ。不安は、人から正気を失わせるからよ。

6　アユミ

湖を望む山のいただき。アユミ、マイコ、チエがいる。

アユミ　湖がきらきら光ってるわ。とてもきれい。

チエ　こうやって村を見ていると、一目で分かるわ。村は前とはすっかり変わってしまったわ。人が住まなくなった家が廃《すた》れていくのって、はっきり分かるものね。見ていてなんだか、急に老け込んでしまった人を見たときみたいな、せつない気持ちがしてくるわ。
アユミ　山の上まで上がってきたの、私いつ以来かしら。
マイコ　私も、久しぶりに来たわ。
アユミ　もう何年も来ていなかったわ。でも、あそこ、舟が泊まっている入り江の岸の形がコンクリートで整えられてる部分を見て、何かの字みたいってこの前来たときも思ったのを、覚えてるわ。
マイコ　ナホコはここから、光る雲の幻を見たのね。
アユミ　ときどきこういうこと、必要だわ。普段の生活から少しだけ離れてみて、その普段の生活を、少し離れたところから見てみることが。
アユミ　それなのに、ずっと来ていなかったわ。
マイコ　村はようやく元通りになったわね。元の静けさを取り戻したわ。ほんとうに、ほんとうに、よかったわ。これでもう私、怒ろうとしないで済むのね。自分が怒るのが苦手なことにもう苦しまないで済むわ。自分らしく生きていけるわ。

アユミ　おもちゃみたいに見える家や建物が並んで、そのあいだを道路が走ってい て、その上をやっぱりおもちゃみたいな小さい車が走っていて。湖には、何艘《そう》も釣り船が出ているわ。見ていると、人々はけなげに生きているんだなって思うわ。でも、私たちだっていつもは、あの中で、一員として暮らしてるわ。私たちがあの中にいるとき、誰か別の人がここにいて、その人たちから見られて、ちょうどこんなふうにあの人たちはけなげだなあって思われてることも、あるんだわ。

チエ　私たち、ここを離れて、どこに行けばいいのかしら。どこにも宛《あて》がないわ。

間。

マイコ　あの湖で釣りをすると、何が釣れるのかしら?

アユミ　分からないわ。私、釣りをしたことが一度もないのよ。

マイコ　食べられる魚が釣れるのかしらね?

チエ　湖沿いの道路に面した家の前にトラックが停まってるわね。車線をひとつぶん、すっかり塞《ふさ》いでしまって、通り抜けようとする車が、いちいちよけて通ってるわ。あのトラック、さっきからずっと長いこと停まってるわ。きっと引っ越しのトラックね。工場や何かの積み荷を載せるようなのには見えないわ。だいいちそんなトラックだったら、普通の家の前に停まらないわ。あれは家財道具を積んでるんだわ。家族が村を出て行くところなんだわ。子どもがいる家族かしら。それとも夫婦二人で暮らしてるのかしら。一人で暮らしている人かしら。お年寄りかしら。若いのかしら。仕事は何をしてるのかしら。

マイコ　私、今度釣りをやってみようかしら。趣味を作りたいと思ってたの。

アユミ　お菓子を作るじゃない。

マイコ　全然別の、外でやるのもほしいと思ってたの。でも見つけたわ、あの湖で釣りをすることにするわ。私、きっと釣りに向いてると思うの。何時間でもずうっと、退屈しないで魚がかかるのを待っていられると思うわ。そういうのは私、得意だと思うわ。おばあちゃんになってもずっと釣りをしているの。

間。

アユミ　そろそろ、戻りましょう。少し冷えてきたわ。
マイコ　私、今日ここに来て、なんだかよかったわ。この村への気持ちを確かめられたわ。
チエ　私もよかったわ。最後にこの風景をもう一度見ることができて。まぶたの裏にいつまでも焼き付けておきたいと思うわ。

三人は山を下りる。マイコとチエはそのまま退場し、観客役になる。
場は、アユミとカスミの家に。カスミがテーブルセットの椅子に座っている。

カスミ　（アユミが帰ってきたので）お帰りおねえちゃん。
アユミ　ただいま。私行きがけに、ここからすぐのところでハナに会ったわ。
カスミ　そう。
アユミ　少しだけだけど話したわ。うちにも来たんじゃない？
カスミ　ええ。そうね。うちにも来たわ。私もちょっとだけおしゃべりしたわ。でも、おねえちゃんに会ったことは言ってなかったわ。
アユミ　そう。
カスミ　ええ。山の上はどうだった？
アユミ　眺めはとてもすてきだったわ。
カスミ　天気がよくて、よかったわね。
アユミ　あなたも一緒に来ればよかったのに。
カスミ　そうね。でも今日は遠慮して正解だったと思ってるわ。気持ちよく過ごすためのところに行く仲間にわざわざ感じ悪い人を入れる趣味、私はないわ。
アユミ　チエのことを言ってるの？　彼女は感じ悪い人じゃないわ。
カスミ　おねえちゃんは友達を絶対に悪く言わないから偉いわ。
アユミ　チエは優しい人よ。あなたも知ってるはずだわ。
カスミ　子どもの頃はあの人、確かに、それよりもっとちっちゃかった私のこと、とても優しくしてくれたわ。絵本をたくさん貸してくれたわ。読んで聞かせてもくれたわ。おねえちゃんたちが遊んでるのに私もよく混ぜてもらっていたわね。覚えてるわ。でも今はやっぱり感じ悪くなってしまってるわ。

アユミ　私たちとは考え方が違ってしまっているだけだわ。
カスミ　生まれつき優しい人が、その優しさがあだになって、おかしなことになってしまうことって、よくある話だわ。あの人もその轍《わだち》を踏んでしまったのかもしれないわね。あとは、たぶんあの人はきっと本を読みすぎたのよ。
アユミ　私は、チエのことを分かってあげたいわ。
カスミ　ほんとにそう思ってる？
アユミ　ええ。思ってるわ。私たちの考えがチエの考えてるのと違うことだって、チエにとっては、愉快なことじゃないはずだわ。それを分からなくちゃいけないと思うわ。
カスミ　向こうもそれを分かってくれるならいいわね。
カスミ　シンプルな関係じゃなくなってしまって悲しいわね。
アユミ　何も悲しむことはないわ。少し複雑になったわ。でも、関係が悪くなったわけではないわ。だから、悲しむことはないわ。
カスミ　ねえおねえちゃん。ほんとうにそう思ってる？
アユミ　思ってるわ。

カスミ　おねえちゃん、物わかりのいい振りするのはやめたらいいと思うわ。
アユミ　私、振りなんてしてないわ。
カスミ　でも、ほんとうにあの人のことが分かってあげられてるわけじゃないでしょ。私にはおねえちゃん、悪いけどそうは見えないわ。
アユミ　私、正直な自分の気持ちに素直に従えばそれでいいんだわとは、思ってないわ。物わかりのいい振りをしたっていいと思うわ。そしたらいつか、それが振りではなくなるかもしれないとも思うわ。
カスミ　物わかりのいい振りをするのって、限界があると思うわ。その限界を超えてしまったとき、手のひらを返すように極端なことしてしまったりするのよ。私はおねえちゃんにそんなふうになってほしくないだけよ。おねえちゃんが無理してるんじゃないかって心配なのよ。
アユミ　ありがとう。ねえ、カスミ、私たち姉妹は仲良くしましょうね。
カスミ　そうね。仲良くしましょうね。
アユミ　あなたのうなじは、きれいね。私、久しぶりに見た気がするわ。そうだわ、あなた最近はいつもスカーフをしていたからだわ。

カスミ　聞いてくれる？　あのスカーフ、今日の午後に、ほんの一瞬だけね、ものすごく強い風が吹いたときがあったのよ。おねえちゃんそのとき外にいた？

アユミ　そんな風吹いたかしら、記憶がないわ。

カスミ　吹いたわ。目に砂が入って、それを取ろうとしていたら、今度はスカーフが、その次に吹いてきた風で飛ばされてしまったわ。私あれがとても気に入ってたのに、残念なことをしたわ。

アユミ　そうね。

間。

カスミ　私コーヒーを飲もうと思うわ。おねえちゃんも飲む？

アユミ　いいえ。私は休むわ。

カスミ　そうね、おねえちゃんは山に行って疲れたわね。おねえちゃん、またあした。

アユミ　ええ、またあした。

アユミ、退場。観客役になる。カスミ、大きなため息をつき、テーブルの上に上体を伏せる。

7　チエ

この場のチエは、観客（ほんとうの観客と観客役の役者の双方）に話しかけるように演じる。

チエ　（カスミのそばに行き）カスミちゃんが眠っているわ。（ハナのそばに行き）ハナは死んでいるわ。

間。

チエ　村がそのあとどうなったのかというとね。それからまもなくして、湖に異変が起こったわ。何の前触れもなく、湖の水位が下がりはじめたの。一日で数センチずつ下がっていったのよ。それが判明したとき、村中が不安に陥ったわ。原因を突き止めるために、調査団が作られたわ。でもその人たち、結局なんの役にも立たなかったわ。原因はひとつも解明されなかったの。そして、そんなことをよそに湖は少しずつ、周りから干上がって、縮んでいったわ。

チエ　カスミちゃんも、湖が少しずつ涸《か》れていくのが気が気でなかったわ。でもその理由は、カスミちゃんの場合、ほかの人とは違ったわ。カスミちゃんは、死んだハナのことを湖に沈めていたからよ。カスミちゃんはこう言い聞かせて、自分を安心させようとしたわ。「私がハナを湖の中に沈めたのは、もう何日も前のことだわ。だからハナの姿が、もうハナだと分からなくなっているいと考えてもいいはずだわ」

間。

チエ　「ハナはどうなっているのかしら？　もうそれと分からないくらいまで、腐ってるのかしら？」

間。

チエ　このあいだまで水のあったところが、湖の水が引いて、地面になっているわ。そこはゴミだらけ。たくさんの空き缶や、ビニール袋。大きなものだと、いつか誰かが湖に投げ棄てたんでしょうね、自転車やベビーカーがあったりもしたわ。それを捨てた人はなぜ、そんなものを湖に捨てたのかしら？

間。

チエ　やがて、ハナの死体も水が引いたあとの地面の上に現れたわ。最初に誰かそれを発見した人がいたはずね。そしてその人が誰かに伝えたはずね。またたく間に話が広まって、死体の周りにはすぐに人だかりができはじめたわ。でも、ハナのことを知る人は少なかったし、それにハナの姿はもうひどく、なんと言えばいいかしら、……様変わりしてしまっていたから、はじめのうちはこれが誰なのか、分からないままだったわ。アユミがそこに見に来なかったら、その服を見て、それがハナだと分かる人は、ほかにはいなかったと思うわ。ハナは村の共同墓地に埋められたわ。

間。

チエ　湖の水位が減り続けるのが、日を追うごとに速くなっていってたわ。そしてついに、湖の水は、完全になくなってしまったわ。湖のいちばん深かったところの土の中に、何か不思議なものが埋まっているのを、村の人たちは見つけたわ。そのほんの一部が土の上に突き出ていたの。でもそれを見るだけでは、それがいったいなんなのか、まるで分からなかったわ。村の人たちは、それを掘り出しにかかったわ。すると少しずつ、それは巨大な、乗り物だってことが分かってきたわ。村の人たちは徐々に姿を現してくるその、乗り物らしきもののことを、いつのまにか、船と呼ぶようになっていたわ。水の上を進む船ではそれはないのだけど、ほかにどう呼べばいいのか分からなかったし、船という呼び名でとてもしっくりいくように思ったからよ。

間。

チエ　すっかり掘り出された船の中に、村の人たちの中の機械に詳しい人たちが入ってみて、分かったの。この船は、これに乗れば、村から離れてどこまででも旅することができる船だって。それを聞いたとき私は、乗りたいって、すぐに思ったわ。でも同時に、心配なこともあったわ。乗りたいと思う人がたくさんいるに違いないけれど、その人たちが全員乗れるわけじゃないはずだから何かの方法で乗れる人と乗れない人を分けなきゃいけなくなるんじゃないかしら、くじ引きとかそういう方法で。私そのくじに絶対に外れたくないって思ったわ。でも、その心配は取り越し苦労だったわ。船に乗りたい希望者は、私が思ってたのよりずっと少なかったわ。

間。

チエ　船に乗ろうとしない人たちの考えが、私は全然分からなかったわ。その人たちは、村が滅びたら一緒に自分も滅びてしまう、そんな当たり前のことが分かってないのかしら？　村が滅びるわけなんてないと相変わらず思い込んでいるのかしら？　それともまさか、一緒に滅びてもいいってあきらめた気持ちになっているのかしら？　でもそれ以上考えるのはやめることにしたわ。船に乗りたいと思う人は全員、くじ引きも何もしないで乗ることができたの。乗って、そして村を離れたのよ。

間。

チエ　そうよ。そうして私たちは、今、ここにいるの。この船の中に。それからほどなくして、村は滅びたそうだわ。滅びたも同然になったそうだわ。

チエ、退場。観客役になる。しばらくして、観客役だったサナが立ち上がり、舞台の前面に立ち、本物の観客と正対し、話しはじめる。

サナ　そう、村から離れたい人々を乗せた船は、そんなふうに、村を立ち去っていったわ。村に残った人たちは、船の姿が点になって、そして見えなくなるまで、見送ったわ。そのとき涙を流している人もいたわ。でも、見送りに来ない人も、たくさんいたわ。

間。

サナ　それからわずか数日後のことだったの。村に雨が降り出したの。その雨はなかなか止まなかったわ。一向に止む気配を見せなかったわ。雨雲がちっとも薄くなっていかなかったの。でもね、村の人たちは、この雨に怯えることはまるでなかったわ。だって村の人たちには、なぜかは説明できないわ、でも、これが決して不吉な雨ではないことが分かっていたの。それどころか反対に、これは恵みの雨なんだってことが分かっていたの。結局雨は一年の半分の長さ降り続いたわ。そしてようやくこの雨が止んだとき、湖の水位はね、すっかり元通りに戻っていたわ。元通りに戻ったのは水位だけじゃなかったわ。村の生活の何もかもが、元通りになったわ。人々の不安な心も消え去ったわ。穏やかで健やかな気持ちも、笑顔も、人々の中に戻ってきたわ。

間。

サナ　そうよ。そうして私たちは、今、ここにいるの。これまで通り、この村に。あの村は滅びてしまったと言っている人がいても、それは誤った噂よ。

（日本国内での上演の場合、サナの最後のせりふの末尾に「だってほら、そうでしょ？」という一言が加わる）

地面と床

美智子（由多加と由紀夫の母、幽霊）
由多加（長男）
遥（由多加の妻）
由紀夫（次男）
さとみ

奥行きは浅くて二間足らず、しかし幅は舞台の間口のほとんど端から端までの長さを持つ、横長の矩形《くけい》をした板張りの床が、黒い舞台面全体から数センチの高さ浮かび上がるようにして、設《しつら》えてある。その床の奥には、何もない黒い舞台面が、更地のようにひろがっている。

間口の中央部の、床の置かれているすぐ背後に、白い表面を持つ、十字の形をした大きな平面が、その面を観客に正対するようにして立てられている。これは、字幕を投影するためのスクリーンである。この劇のすべてのせりふは、もちろん日本語で語られるけれども、そのとき必ず外国語、たとえば英語や中国語の字幕が投影される。ときどき、せりふではない文が、文字として投影されることがある、このときは日本語も投影される。日本語の字幕はこの十字の中に垂直方向に投影され、それが切り替わって次に外国語の字幕が水平方向に投影される。以下に「字幕が出る」とあるのは、日本語の字幕が出るときのことである（もちろんそのときも、その日本語の翻訳された外国語の字幕がともなわれる）。

床の上手端にちかいあたりに、円形の、ほんのわずかに厚みやふくらみを持った物が置かれている。これは、塚をあらわす。床の上手端の脇には、姿見大の鏡が、板張りの床のほうをむいて立てられている。演者が自分の姿をみたり、他の演者を鏡ごしにみたりすることはできるけれども、観客がこの鏡で自分や他の観客の姿をみることはできない。もしかしたら、この鏡の存在に最後まで気がつかない観客もいるかもしれないけれども、それはそれでかまわない。

舞台上手にはこの鏡があるため、演者の登退場は、すべて舞台下手からおこなわれる。

やがて、字幕が出る。

「遠い未来の日本」

この字幕が、数秒後にすりかわって、

「そう遠くない未来の日本」

女が登場。やがて、字幕が出る。

「遥」

遥は鏡で自分の姿を見ながら、しばし体を動かす。やがて、字幕が出る。

「舞台の上は　幽霊がみえる場所」

遥　（観客に）でも、わたしは幽霊を見たいなんて全然思わないですし、幽霊がここにいるっていう存在に気づいたりも全然したくないです。

やがて、美智子、登場。遥のそばに立つ。遥、美智子に気がつかないふうを装う。
やがて、遥は美智子から離れ、床面の奥のほうへ退く。

第一場

美智子　わたしはこの地面のことをいつも考えていて、そうです、地面のことがわたしのあたまから離れることはわたしには片時もなくて、というのも、というのも、わたしはいつもはこの地面の下にいるからです、土の中で、小さな骨の寄せ集まりになって、容《い》れ物の中で、白磁の容れ物に、詰め込まれて、時間が流れるのを過ごして、そして、流れていく時間っていうことが、「流れる」って言い方はみんな簡単に言うけど、その流れは体で感じれるのかを、わたしは確かめようと思って、過ごしています。地面の下で、そのくらいしかわたしには、やることは特にないし、それに、その時間がいつまでも続いてほしいということくらいしかわたしには、望みはないし。

やがて、男が登場。塚のそばへいく。字幕が出る。

「由紀夫／次男」

由紀夫　（塚に向かって）お母さん、俺は今日はすごくいい話を報告できるよ。そんなこと最近の俺には全然なかったけど、今日の俺はそういう話を持ってるんだよ。ついきのうのことだよ、働き口が決まったよ、前の勤め先の工場が閉鎖されてよその国に移って行った、あれから数えたら二年半ぶりだよ、やっと俺も運が向いてきたよ、世の中も少しはましになってきた、俺はきのう祝杯をあげたんだよいつもの店で、そこの連中のひとりが言ってたよ。それが本当なのかどうか俺にはわからないけど、半年前の選挙の結果で、俺たちみたいな人間がいちばん必要としてるのが何か、その前のやつらと較《くら》べて今の政治家は少しは真面目に考えるようになってるってそいつは言ってたよ、ほんとかどうかわからないよ俺には、でもとにかく俺は仕事を手に入れたよ、お母さん、喜んでよ。

美智子、由紀夫のすぐ背後までいく。

由紀夫　俺はこの二年半ずっと屈辱で押しつぶされそうだったよ、でもそれをもう感じないでよくなったよ。世の中から白い目でみられる筋合いもなくなったし、世の中から以上にあのいけすかない兄さんの嫁の遥からもだよ。あいつが俺を見るときいつも見下すような目をする、でもそんな目を向けられる筋合いはもうないよ。

美智子、由紀夫の背中にそっと自分の頬《ほお》をあずけている。

美智子　あなたがやっとそんな晴れやかな顔をできるようになった。わたしはいつもあなたが憂き目に遭う世の中の不公平が耐えがたかったの。
由紀夫　この間《かん》俺はずっと戦ってたんだよ、俺という人間が人間としての誇りを失わずにいるための戦いを、でもそれに俺は勝ちを収めたよ、お母さんありがとう、俺が勝ったのは、お母さんが俺を守ってくれていたからだと俺は思ってるよ。

由紀夫、退場。

美智子　この地面の下でいつまでも静かにしていたい、そしてそのために、ときどきでいいからわたしの上にかぶさる土、まわりの土を手入れしてほしい、わたしのたったそれだけの希望は、けっして高望みなんかじゃないでしょう？

美智子、退場。舞台にはひとり、遥が残っている。

遥　死んだ人が、生きてる人にする要求は、それだけでもう高望みだと思う。だからわたしは聞かないし、聞こえてきたくないから、幽霊がここにいる存在には気づきたくないの。

美智子、登場。遥のそばに立つ。遥、美智子に気がつかないふうを装う。やがて、美智子は遥から離れ、舞台の前面へ。

美智子　（観客に）あの女の中には、わたしの孫が宿っています。

第二場

男が登場。遥のそばに立つ。字幕が出る。

「由多加／長男」

美智子は、二人のそばにいく。

由多加　（遥に）厭《いや》な夢だったよ。

美智子　どんな夢を見たの？

由多加　（遥に）たぶんあれは日本が戦争を、中国としてたんだよ。はじめ俺たちは家の中にいて、それはこの家じゃなかったよ。たぶんその子も入れて三人で暮らすための、新しい家なんだよ、海のそばに、海岸からすぐに、ちょっと崖《がけ》があって、そこに建ってる家で、はじめ俺たちは窓からその海を、その子を抱っこしながら見ていたんだよ。そしたら沖のほうから、黒くて、でもすごく小さいからよくわからないかたまりにしかみえない、ものが現れて、少しずつ大きくなってきて、やがてそれが船で、中国から日本に向かって上陸しにやってきた船だってわかったから、慌てて雨戸を閉めたんだよ。銃声が聞こえてきて、それを聞くと、日本の側の、自衛隊のほうもやってきていて、撃ち合ってるんだってわかるんだよ。俺たちは、この家でいちばん安全なのがどこか、考えるんだよ。その家には、地下室とかはどうやらないんだよ、だけど二階にひとつ、海じゃないほうを向いてる部屋があったから、きみとその子はそこにいることになったんだよ。

間。

由多加　俺は、自分は外に、それが様子を見にいっただけなのかなんなのかはわからないけど、出て行ったんだよ。そして茂みに隠れたんだよ。そしたら、ときどき中国の兵士が、たぶんあれは中国人なんだよ、日本人だったのかもしれないけど、たぶん中国人だと、俺は思ったんだけど、茂みの前を通り過ぎて、俺は息を殺してるから、そいつは俺に気がつかないんだけど、でも、俺は自分の心臓が今までこんなにバクバクしたことはないってくらい、バクバクいってる、この音は外に聞こえているんじゃないかと思って、でも必死で、そんなわけはないって信じたんだよ。

間。

由多加　夢だから、目の前に兵隊がひとり、ライフルを持って、ライフルを俺に向けてたんじゃないけど、両手で持ってる恰好で、立っていて、俺に気づいてて、俺は、これは何か言わないとと咄嗟《とっさ》に思ったんだけど、すぐそのあと、いや、何か言ったら逆にまずいんじゃないかって思って、だって俺が日本人だって向こうがわかるし。それで、たぶん向こうも俺と同じこと考えてるんだよ、俺がどっちなのかがわからなくて、そしてやっぱり、言葉を言おうとして、言葉を言おうとして、でもそれをためらってるんだよ。

遥　わたしたちの、この子を入れて三人で住む家が、日本でなきゃいけないわけじゃないわ。この子が日本で幸せになってくれるってイメージが、できない。

美智子　わたしのうずくまる土のそばをあなたは訪れない。わたしのことを考える時間を持つこともない。それがその女のせいなのは、お母さんはわかってるわ。

まず、由多加が退場。それからしばらくして、遥が退場。さらにしばらくしてから、美智子、退場。少しのあいだ、舞台は無人になる。やがて、さとみ、登場。

さとみ　（観客に）ところで、わたしの、わたしだけじゃないですけど、わたしたちみんながここでしゃべってる言葉は、日本語なんですけど、でも、わたしたちは全員それをすごくよくわかってるんですけど、わかってるというか、意識してるんですけど、この言葉、日本語は、今やほとんどの人にはわかられない言葉じゃないですか、だから、今もそうですけど、わたしがこうしてしゃべってるのを聞くだけでわたしが言ってることが意味がわかる人は、ほとんどいないじゃないですか、もしいたとしてもそれはただ単にものすごい偶然というか、え、すごいですね日本語おわかりになるんですね、ていうそれはもうほとんど奇蹟だな、ていうだけなんですよ。

さとみは早口でしゃべるので、外国語の字幕の投影が終わるのが、少し遅れる。それを待って。

さとみ　でも、わたしは日本語しかしゃべれる言葉はないし、ほかの言葉がこれからしゃべれるようになるみたいなことにわたしの場合今さらなるのは無理だと思うし、というかそれ以前に、しゃべれるようになりたいとわたしはあんまり思ってない自分がいて、それはなんだろう、プライドなのかもしれないですけど、わかんないですけど。

やはり、外国語の投影が終わるのを待つ。

さとみ　電車とかバスとか乗ると思うんですけど、そうすると英会話の広告とかってものすごくいっぱいあって目に入ってくるじゃないですか、あれをみるとなんかすごく脅迫されてるみたいな気がしてきてヤーな気持ちになるんですよね、なんか、これからの時代英語できないやつは社会のすごい下層ランクに落ちて掃き溜めみたいに、一生そこから上には絶対あがれないみたいな、そうなりたくなかったら英語しゃべれないと本気でヤバいですよみたいなメッセージでつけ込んでくる感じとかがすごくきらいっていうか、感じ悪いなーって思うんですよね、英語しゃべれる人とかしゃべれるようになろうとしてる人とかも、そういうのに乗せられてなのかそうじゃないのか知らないですけど、自分だけ抜け駆けしようとしてるんじゃないの、って気がしちゃうんですよね、あーそうですかだったら別にそういう人たちは勝手に抜け駆けしていい思いして、日本から出て行ったらいいんじゃないですか？　と思うんですけどね。

やはり、外国語の投影の終わりを待つ。そのあいだ、何もしゃべらずに舞台上で待っていなければならない。ようやく終わると、字幕（日本語の、およびその翻訳にあたる外国語の）が出る。

「あなたは思いますか？
日本語が　消えてなくなる」

「数千年後」
（「千」の字がすりかわって）
「数百年後」

「あなたは思いますか？
ミサイルが海をこえて飛んでくる」

「あなたは思いますか？
日本が　交戦状態にはいる」

さとみは字幕をじっと眺めている。ときどき、観客の様子をうかがう。

第三場

由多加、登場。しばらくして、由紀夫が登場。手に封筒を持っている。さとみは少し離れたところから、以下のやりとりを眺める。

由多加　なんだよ。来るなら連絡してくれよ。食事の準備だってするのに。
由紀夫　気を遣ってもらってばかりこっちだっていられないよ。ずっと借りてた金をやっと返せるようになったよ。おかげで今まで助かったよ。
由多加　そうか。なあ。仕事が決まったって。
由紀夫　ああ。決まったよ。
由多加　やあ。何よりだよそれは。
由紀夫　ああ。仕事がなきゃ人間ははじまらないよ。男は仕事があるかないか、それ以外の問題は全部、まずは仕事があって、それからの話だよ。仕事がなきゃ男は人間以前の、クズなんだよ。

由多加　そんなことはないよ。

由紀夫　自分がクズなのを、クズ本人が何よりわかるんだよ。他人にはわからないよ。自分がクズかどうかは、他人が決めることじゃないんだよ。

遥、登場。

遥　こんにちは。

由紀夫　なんだよ。俺が連絡もしないで突然来たんだから、無理しないで厭な顔をすればいいいじゃないかよ。

間。

由紀夫　兄さんにずっと金を借りてたんだよ。知ってるだろ。

遥　ええ。

由紀夫　返しに来たんだよ。

　間。

由紀夫　なんで返したりできるようになったかわかるか。

遥　仕事が決まったって聞いたわ。

由紀夫　そうだよ。

　間。

由紀夫　なんでさっきから二人ともどんな仕事か訊かないんだよ。

　間。

由紀夫　それがなぜか当ててやるよ。知るのをびびってるんだよ。
遥　訊かれたくないかもしれないなと思ったから。
由紀夫　俺がなんでそんなこと思わなきゃいけないんだよ。
遥　わからないけど。
由紀夫　わかってないはずないだろ。簡単だよ、お前たちは俺がありついた仕事がどれだけみじめな仕事かを知るのをびびってるんだよ。

間。

由紀夫　訊かれないから、だったら俺から言うよ。俺はね、道路を直したり、新しく敷いたり、工事をする人足を始めたんだよ。
遥　それをみじめな仕事だなんてまったく思わないわ。
由紀夫　破壊された、歪んだ道をこつこつ、元通りにならしていくんだよ。ひび割れた道路は、誰かが舗装しなおす必要がある。俺だけがやるわけじゃない。たくさんの人間でそれをやるんだよ。たくさんで、力を合わせて、立て直すんだよ。建物や、トンネルも、全部そうだよ。俺たちがやらなきゃ誰もやるやつはいないんだよ。

間。

由紀夫　どう思う。予想の反対だったんじゃないか。俺のついたのがみじめな仕事でなく立派な仕事なのが。

間。

由紀夫　お前たちがもしかするとびびってたのは、俺の仕事がそんなに立派な仕事だと知るのをびびってたんじゃないか？

間。

由紀夫　はははははは。

間。

由紀夫　帰るよ。今日渡した金はまだ全額ではないけど、来月再来月と返しに来るよ。全額は半年もかからないよ。

由紀夫、退場。

由多加　由紀夫は、自分に誇りを取り戻した顔をひさしぶりにしていたよ。
遥　卑屈な顔を変わらずしてるようにしかわたしにはみえなかった。
由多加　俺には、仕事があいつの男の誇りを恢復《かいふく》させたようにみえたよ。
遥　「男の誇り」っていう言葉とか、そういうのは言葉としてものすごくどうでもいい、バカみたいな言葉だって思う。
由多加　その言葉を俺が言ったんだったら、そう思ってもらってかまわないよ。由紀夫にとっては、男の誇りというのは、大事なんだよ。俺は尊重したいと思うよ。

遥　その尊重の気持ちは、裏返しでしょう、由紀夫さんへの後ろめたさみたいな、罪の意識みたいなのの。
由多加　違うよ。そんなことじゃないよ。
遥　その罪の意識みたいなのとはわたしは、関係ないの。
由多加　関係なくていいよ。
遥　わたしは、そういうのは持たないようにしてるの。

由多加、退場。やがてさとみが遥におもむろに話しはじめる。

さとみ　わたしが今どこにいるかなんて誰も知らないはずだと思ってたんだけどっていうかそんなことに興味持ってる人がふつうの世の中の人の中に誰もいるわけないだろと思ってたんだけどさ、でも来れる人っていうか来てくれる人があんたみたいにこうやっているってことは誰かこの場所のこと知ってる人がもしかしたらいてその人にこの場所のこと聞いてきたってことなのかな、ってでも今のは別に質問じゃないんだけどさ、今の質問はだから答えてほしいと思ってるわけじゃないから答えないでいいんだけどさっていうかむしろ答えないでほしいんだけどさ知りたくないからさそんなことわたし全然、全然っていうか絶対。

さとみ、外国語字幕が追いつくのを待つ。

さとみ　あんたなんかわたしのことなんかもうすっかり忘れてるんだと思ってたわ。

間。

さとみ　ねえどう思う、初めてでしょこんななんもないし、人も誰もいないし来ないし、人とのかかわりもだからないしみたいな、ふつうの世の中からこうやってきっぱりっていうかすっかりっていうか切り離されてるみたいな場所。どう思う、率直な感想として。こんなとこにいて何がおもしろいんだろう、何《なん》っもおもしろいことないだろこんなとこいたってとか思ってんじゃないの？　でも一応言っとくとこういうところにいるのが結局いちばん快適っていう人ってわたしもそうだけどわたしだけじゃなく世の中には結構それなりにいてさ、こういうのが快適っていうか別に快適なわけじゃないんだけどさ、でもこういうところにしかもういることができない人っていうのがいてそういう人にはこういうところにいていい、権利じゃないけど、でもそういうことが許されていいところがそういう人にはあるんだってことは言っておきたいんだけどさ、そういう人はだから世の中とかは関係ないってことにしててもいいっていうかしょうがないのね、そういう人のことあんたみたいな人とかはふつうの人っていうかごく常識的な人だから軽蔑とかしてるんだと思うけどさ、別に軽蔑したければ軽蔑していいんだけどさ、でもさ、わたしなんかはもう世の中をかたちづくるのにかかわるとか世の中をたもつためになんかやるとかそういうことはできないしさ、今後またそういうことするようになることも絶対ないだろうしさ、でもそれでもしょうがないのね、そんなことする力っていうか気力がもう一滴たりとも残ってない、っていう状態になってしまってる人なんだからさ、わたしとかわたしみたいな人たちはさ。

さとみ、外国語字幕が追いつくのを待つ。

さとみ　でもあれだよ、あんただって今は違うかもしれないけどいつそういう人の仲間入りするかわからないよ、誰だって何をきっかけにしてかわからないけどそうなる可能性あるんだしさ、それにさ、なってもいいんだしさ全然、そうなっていい権利があるからさ人には誰だって。それにそういうことになっちゃってもそれって別にそんなにひどい状態ってわけでもないしね、きっとあれでしょ、こんなことになっちゃってわたしが今すごく悲しいというかみじめな気持ちでずーっと過ごしてるんじゃないかって思ってるでしょ、でもそれに関しては残念でしたというかおあいにくさまでしたというかあんまりっていうか全然そんなことなくてさ、強がりでもなんでもなくてさ、だってこういうのって実際なってみるとそんなに特別なことじゃないっていうかわりとふつうっていうか住めば都じゃないけどすぐ慣れるしさ。だからわたしみたいな人のこと必要以上に憐れんだりされるとそういうのは正直すごく心外でさ、だからそういうことはやめたほうがいいと思うよって忠告させてもらうけどさ。まあどうでもいいけどさ、好きに勝手に思ってもらってかまわないんだけどさ、別に関係ないから。

外国語字幕が追いつくのを待って、

さとみ　字幕がさっきから全然追いついてなくてすごくそれでちょっと実はいらっとしてる部分も正直あるっていうかほんとにもどかしいなこれもう！っていうこの苛立《いらだ》ちが下手すると爆発するぞっていうその寸前ですみたいな勢いが自分の中に潜んでるのをひしひし感じるんだけどさ、でも待たなきゃほかにしょうがないから待ちますけどね、待たせていただきますけどね、だってもし待たないでどんどんわたし的には気持ちいいですっていうスピードですいすいしゃべってたってどうせ誰もわからないんだからわかってもらいたいことひたすらべらべらしゃべってたってひたすら虚しいだけだし、それってそれにただの音にしか聞こえてないってことでしょ、そんなの全然意味ないしさ、ていうかよくさ、わかんない言葉聞いてそれをまるで音楽みたいだ、とかいって音楽として賞賛、みたいな人いるけどさ、そういうことわたしも日本語に関してそういうことわたしが日本語しゃべったあとでそれ聞いてた人から言われたことあるけどさ、そういうの聞くと何それ、よく言えるよねそういうテキトーなこと平気で、て気持ちになるんですけどさ、すなおにわかりませんってだけ言えよっていうさ、まあ、でもさ、こうやって字幕が切り替わるのがすごくわたしのしゃべるのより遅いっていう、でも遅いのはまあしょうがないんだけどさ、字幕ってものの性質上、でもこうやってわたしがしゃべっては待ちしゃべっては待ちしてるとなんか早くしゃべってるわたしが悪いんですか？って気持ちになってきちゃうのが別にわたしが悪いはずじゃないと思うからなんかすごく釈然としなくてさ、でもさ、あれですかね、もっと字幕が分量が適当な分量で済むような内容のことをきちっとわたしの話し方がもっとスマートになってぴしっと話すような話し方したらいいんですかね？　でもどんなしゃべり方したって結局一緒なんだけどさ、だってどうせ誰もわかってないんだからさ、わたしがしゃべってる言葉が何言ってるかなんて。なんでわたしよりによってこんなにべらべらしゃべれるのがこの言葉なんだろう、こんな言葉しゃべれても、なんかさ、母国語選びを間違えたなっていうか別のもっとメジャーな言葉いろいろあるけどそっちのほうがよかったよなって思うことしきりっていうかさ、なんかさ、ひたすら虚しいんだよね、だって今だって、わたしがしゃべってることと書いてあることが本当に合ってるのかどうかなんて基本的にみんなわかってないんだし、まあわたしもわかってないけどさ、だから結局もし今すっごいテキトーなことわたしがしゃべってたとしてもそんなのグローバル的には大して違いっていうか支障っていうかないわけでしょ、字幕がちゃんとこうやって出てさえいれば。字幕がなんかトラブルで出なくなっちゃったってなったらそっちはそれこそ超大問題だけどさ。

外国語字幕が追いつくのを待って、

遥　わたしは日本語がわかるわ。

さとみ　や、知ってるよそんなの、だからあんたに向かってわたししゃべってるんだし今日本語、ていうかあんた最後まで何語か問わずしゃべんないつもりなのかと思ってたけど、なんだ、しゃべるんじゃん、でもあんたみたいなのはもはやすごく少数派というかこの言葉わかるのってもうほとんど今やあんただけなんじゃないかな、この言葉がわかるあんたはいわば少数民族のラストひとりくらいの勢いなんじゃないのかな、わたしがしゃべってるこの言葉が持ってる、字幕だといろんな制限とかの理由で反映するのがむずかしい、むずかしいっていうかまあ現実的に考えたら不可能だろうっていうようなこまかい日本語としてのニュアンス的な味わいの部分までちゃんとつたわる人っていうのはもはや。

遥　由多加さんがわかるし、他にもわかる人はたくさんいる。

さとみ　うん、あんたでも、絶対あんたの子どもとかにさ、ていうかそのお腹の中にいるでしょ、これから生まれてくるあんたの赤ちゃん、その子に絶対こんな言葉教えちゃだめよ、日本語、誰《だ》っれにもつたわんないようなそんなザ・使えない言葉教えるなんてそんな殺生なことしたらちょっとかわいそう過ぎる、意味なさ過ぎて。(赤ん坊に)ねー、やだよねそんな意味ないことねー、今のわたしみたいになっちゃうなんてねー、これ最悪だよー、超孤立だよー、すっごくさみしいよー。そんななっちゃったらそれちょっとかわいそうだなって思ってほしいよねー。

遥　そんなこと言わないで。

さとみ　どうして？　どうして事実を言っちゃいけないの？

遥　やめて。

間。

遥　（観客に）わたしもこれは今、厭な夢をみてる。

さとみ　あ、それだけ自分でちゃんと厭な夢みてるってことわかってるんだったら自力でさめちゃえばいいじゃん。叫び声とかぎゃあってすごい大声あげたらその自分の声で自分で夢から、なんていうの、解かれるからさ。やってみたらいいんじゃないの。あれだったら叫んであげてもいいけどかわりに。（少し間をおいて）やろうか。（大声で、とても長く）ぎゃあーあああ。

由紀夫、登場。塚のそばへ。由多加も登場。遥のそばへ。遥、由多加に抱きつく。

さとみ、退場。

第四場

由多加　どうしたの？
遥　どうもしてないわ。
由多加　大声を出したよ。
遥　大声なんて、わたしは出してないわ。
由多加　厭な夢をみたんだね。
遥　さとみさんが話しかけてきた。むかしわたしたちが、助けようとして、手をさしのべたけど、うまくいかなかった、そして結局世の中からひきこもるようになってしまった人。あの人のことなんてずっと思いだしていなかったのに。

美智子、登場。抱き合っている二人のそばに立つ。

由多加　俺はあの人のことは、ときどき考えているよ。今どこにいるのか、どうしてるのか、わからないけど、それをできれば知りたいと思ってるよ。きみがずっと思いださずにいたなんて、そんなことができるなんて、どうしたらそんなことができるのか、俺には想像がつかないよ。

遥　あんなふうに世の中から、亀みたいに自分から、首を引っ込めてしまった人のことを気に病む義務なんてない。今の夢も、だからみなかったことにする。

由多加　でも、大声を出したよ。

遥　大声なんて、出してない。厭なものはなにひとつ、みえていないことに、わたしはする。

美智子、ゆっくりと、由紀夫のいる塚のそばへいく。

由紀夫　（塚に向かって）お母さん、俺は今日兄さんのところにいってきたよ、借りていた金のうちいくらか、返してきたよ。全部返しきったら、やっと終わりにできるよ。お母さん、今日は、これまで誰にも言わずにずっと黙っていたことを言うよ。お母さんにも黙っていたことだよ。俺はこの二年半、ずっとみじめで、特に、あいつらに対しているときの自分がみじめで、そのことにずっと耐えていたよ。そのあいだ、あいつらを殺したいと思ってたよ。でも、今はそんなことは思ってないよ。その気持ちはもうどこかにいったよ。そんなことよりも俺は、始めた仕事のことでいっぱいだよ。一日が終わるとへとへとになってるんだよ、でもそれで俺は今ものすごく幸せなんだよ。へとへとになるまで体を動かして働いたあとの疲れが、気持ちいいんだよ。それにねお母さん、俺がこうやって働けば、それはそのぶんだけ、俺はこの国を元通りにできたってことなんだよ、そんな仕事に今俺はくわわっているんだよ。もちろん、俺にできることなんて高が知れてるよ、一生こうして働いたところでとるにたらないことしかできずに終わるよ。それでも、間違いないのは、この国を前みたいに戻そう、いやもっとがんばって前以上にしようという、ものすごいたくさんの力があつまっている、そのあつまりに自分もくわわれているっていう実感が、はっきりあるんだよ。この実感は俺を、それは信じられないくらいだよ、みたされた気持ちにしてくれるんだよ。

由紀夫、退場。

美智子　あなたはいつもわたしに話しかけてくれる。わたしのことを忘れないでいてくれる。どうしてあなたのほうが、人生のことにずっと苦しんでる、運命でなきゃならないのかしら。どうして、その反対にならなかったのだろう。

由多加、退場。舞台上には、美智子と遥だけが残る。美智子、上手を向く、二人は鏡ごしに見合う。

美智子　わたしはあなたに何もすることができなくて、くやしい。

遥　死んでいる人は、わきまえてほしい。わたしたち生きている人間を、尊重して。

間。

遥　生きている人間には、義務があるの。いのちを守らなきゃいけない。

間。

遥　あなたたちはもうそのくびきから解かれている、けれども、わたしたちはまだなの。

字幕が出る。

「死者には　権利がある」
「忘却に抗《あらが》う権利が」

遥　そんな権利なんてない。

第五場

遥　権利ばかり主張するのは、卑怯。あなたたちはじゃあ、わたしたちのためになる何ができるの？　何をしてる？　何もしてない。そのくせに、わがままな言い分だけ持ってる。

由多加、登場。

遥、由多加を見て。

由多加　遥。

遥　そのわがままが通らないからといって、いやらしくつきまとってくる。そんなの、ミサイルを打ち込むと言って脅してくるよりほかに能がない国とおんなじよ。そんなのにわたしは屈しない。

遥　わたしはあなたのお母さんの幽霊につきまとわれてる。今まで言わないでいたけど。

由多加　遥。どうしたの。今まできみはそんなようなこと、一度だって言ったことなかったじゃないか、幽霊だなんて。

間。

由多加　遥。俺たちには考えるべきことが、それよりほかにある気がするよ。もう死んでしまってる人のことよりも、まだ生きていて、生きてることに苦しんでる人のことに、思いを馳《は》せることがあっていいんじゃないかと思うよ。さとみさんが、あのとき、生きていくこととか、世界とか、そういういろんなものに対して、絶望というか、あきらめきってしまっていて、どうせ何をやっても無駄でこの状態は変わりっこないって、かたくなに決めつけてしまっていて、という状態だったとき、俺たちがそこからあの人を助け出そうとして、でもそうやってよかれと思ってしたことが、結局は反対の結果に、あの人を、もう人に会うこともできない状態に、追いやってしまって、それであの人は今はきっとひとりきりで、どこか薄暗い、小さなところにこもっていて、そこから出てくることはない。その場所は、どんな空気の感じなのか、どんな湿度の感じなのか、光の感じはどんな感じで、匂いはどんな感じなのか。そこはきっと、耐えがたい場所だよ。まさかあの人をそんなところに追いやってしまうことになるなんて。俺は、これは本当に自然に芽生える気持ちとして、どうにかしてそういう最悪の状態から助け出してあげられないだろうかって思っていたのに、何もやらないほうがまだしもましだった、ただのお節介、お節介以下の、逆効果のことを、結果的にはしてしまった。

間。

由多加　俺がさとみさんにあのとき言った言葉、そんな最悪な、不幸な状態からは抜け出して、生きているあいだは、この世界というか、世界なんて大きなものじゃなくていいんだけど、小さな身の回りの、世の中とかかわったほうがいい、そうすれば、もしかしたら、世の中を自分にとって居心地のいいほうに、自分の信じるほうに、たった〇・一ミリかもしれないけど、引き寄せられるかもしれないんだから、っていう言葉が、逆効果だったんだよ。あんなことは、言わないほうがよかったんだよ。

遥　そんな人のこと、忘れていいのよ。わたしは、幽霊につきまとわれたくないし、そういう幽霊みたいな存在の、人にも、つきまとわれたくない。

由多加　さとみさんは幽霊ではないよ。誰の目にもふれないようにして暮らしている、でもあの人は、生きているんだよ。

遥　死んでいる人の幽霊。生きてるけれど幽霊みたいな人。どっちも同じよ。

由多加　遥。ふたつを同じにするのはおかしいよ。

遥　おかしくない、同じよ。わたしが守りたい、守らなければいけない優先順位、それをじゃましようと、この場所にわたしたちをどうにかしてとどまらせようとする、べっとりした力、それを使ってこようとする存在は、幽霊だろうと、そのなりそこないだろうと、わたしにとっては同じよ。わたしはその姿はみない。その声は聞かない。その存在は、相手にしない。あなたはわかってない。わたしがどうして、こんなに強いことを言うのか。あなたはわたしのことを冷たい人間だと思ってる。わたしがどれだけ必死でこの子のことを守ろうと思ってるのか、わかってないからよ。

由多加　わかってるよ。

遥　わかってない。この子のことがいちばん大事で、ほかのことはなんだってそのために犠牲にしていいって思うことにしたわたしの決意がどれだけ強いか、あなたはわかってない。

由多加　俺にだって、その子は大事だよ。

遥　何言ってるの？　まだ顔をみたこともないくせに。

由多加、退場。やがて、字幕が出る。

「地面の下にいるのは　その生を終えたもの」
「そして　その生を未《いま》だ始めていないもの」

第六場

美智子、登場。やがて、由紀夫、登場。塚の前に立つ。遥、そのそばへいく。

遥　いつもどのくらい、その前でそうしてるものなの？

由紀夫　お前には意味のない時間としか思えないんだろう？　全然そんなことはない。

遥　あなたに会いにきたの。訊いてみたかったの。あなたみたいな人は、戦争がはじまったら、兵士になって、参加するんでしょう？

由紀夫　兄さんはどうせそんなつもりないんだろう。反対に俺みたいな考えの人間を、ほんとのとこどう思ってるのか俺なんかにはわからないけど、きっとばかにしてるんだか、憐れんでるんだかしてるんだろう。兄さんはむかしから、どうしたら自分が怪我をしないで済むかばかり考えてるようなやつだったよ。でもそういうやつのほうが世の中ではうまくいくってきまりになってるんだよ。そういう女の腐ったのみたいな男がいいと思う女もいるんだよ。

間。

遥　わたしたちの生まれてくる子どもは、男の子なの。戦争につれていかれて死んだりなんてしてほしくないの。

由紀夫　お前が知らなそうなことを教えてやるよ。人は誰だって死にたくないんだよ。死にたくなくて逃げるやつは、逃げるんだから死なないよ。だからお前たちは平気だよ。俺みたいのがその身代わりになっていって、場合によっては死ぬ。そういうことだよ。そういうことになるのは、俺だけじゃない。兄さんやその赤ん坊なんかの身代わりになるやつは、世の中にはいくらでもいるよ。しかもお前なんかにはありがたいことに、身代わりになるそいつらは誰も、お前たちの目の前に来て、俺たちは身代わりになってやっただなんて恩着せがましいこと、言いやしないよ。よかったな。なんでかわかるか？　俺たちが、みんな優しいからだよ。真に受けるなよ、嘘《うそ》に決まってるだろ。別にお前たちの身代わりでいくわけじゃない。お前たちのことなんかどうでもいいんだよ。

遥　由紀夫さん。

由紀夫、遥のほうに向き直る。

遥　わたしが大切にしていること、わたしの態度、わたしは、間違っていると思わない。ありがとう。

遥、由紀夫を抱きしめようとする。由紀夫、遥をふりはらう。

遥　その気持ちをつたえたくて、そのためだけに、ここに来たの。わたしはきっと、そう遠くない将来、この国ではないところにいく。この子と二人だけでいくのかもしれない。よいところだと思えたら、そこに家を建てる。わたしは、よいと思えるところを見つけられるかしら。わからないけど。

美智子　由紀夫、わたしは信じてる。あなたの人生が、これからきっとよくなる。

この国で、わたしが眠るのと地続きの地面で、これからも生きて、働く、それがむくわれてあなたは幸せになる。絶対に。ねえ、これまでのようにこれからも、ときどきでいい、たいせつな、日本語で、わたしに話しかけて。わたしはそれ以上、なんにも望まない。

遥　さようなら。

遥、退場。由紀夫、塚に向き直る。

美智子　あなたが少しずつ言葉が話せるようになっていった、文字が書けるようになっていった、そのときのことを思いだしながら過ごすわ。あなたは「ほ」の字を書くとき、「は」の字を書くときのように、上を突きだしてしまっていた。「や」の字を書くとき、傾け方が反対だったから、まるで「か」の字を書くみたいになってしまっていた。「と」や「け」の字を書くとき、鏡映しの向きに書いていた。いちばんはじめにあなたは、「ママ」という言葉をおぼえた。あなたが初めておぼえた言葉は、日本語ではなかった。
由紀夫、退場。しばらくして、美智子、退場。

あとがき

「普遍性」というものの存在は、たぶん、世の中的にまだ、結構信じられてる。たとえば、「神様」などよりはよっぽど、信じられてるでしょう。

でも僕は、あんまり信じてない。普遍性の存在は、神様の存在と同じ程度にしか、信じてない。つまり、ほとんど信じてない。

したがって、劇作家として、普遍性のあるものを書こう、とも思わない。

もっとも、もしも自分の書いたものが「普遍性がある」と評されたとしたら、それは、決して悪い気はしない。

でも、悪い気しないねー、と思いつつも僕は、それがほんとかどうかは疑わしい、という思いを手放すことはないだろう。かつその一方で、もしほんとうに僕の書いたのが普遍性に届いているのだとしたら、それはきっと僕が普遍性のあるものを書こうとしなかったから起こったことだ、というふうに考えるだろう。

普遍性の存在は信じない。でも、ある固有の状況のもとにつくられたものが、それとはまったく別の状況のもとで強く機能すること、そうした偶然の響きあいが起こること、それは強く信じている。その実例を、僕はいくつも知ってるから。自分の書いたもので、というよりも、さしあたっては、先人たちの書いたもので。

たとえば、チェーホフの『桜の園』。十九世紀のロシアの貴族たちの没落なんて、僕にはどうでもいいことだし、二〇一一年の三月に東日本で起こった地震について、チェーホフはもちろんなにも知らない。それでも、あの作品と、現在を生きる僕のあいだには、こんなにも強い響きあいが起こる。

『桜の園』が普遍的な作品かどうか、ということは、僕には関心がない。二十一世紀の日本――震災という出来事を経た――を生きる僕に対して、それはきわめて強い偶然の響きあいを起こした。その事実において、『桜の園』はすごい。

自分のつくるものも、そうしたことを起こせるとしたら、そんなに喜ばしいことはない。それ以上に喜ばしいことはない。だからそれを普遍性とかなんとかいう必要を、感じない。

『わたしたちは無傷な別人である』は、民主党への政権交代が起こった二〇〇九年の衆議院選挙の投票日前日を、舞台にした。この変化によって、何がもたらされるのか、状況はよくなるのか悪くなるのか、僕はまったくわからなかった。その宙づりになっている気持ちが、反映されている。

『現在地』と『地面と床』は、どちらも二〇一一年の東日本大震災に影響を受けて書いた。

『現在地』を、あからさまに震災の設定を使わないで、寓話みたいにして書いたのは、そのほうがさらにあからさまになると思ったからだった。

とにかく、これをつくったとき、僕は、なにかあからさまなものをつくりたかった。

『地面と床』も、あからさまなものをつくりたかったというのは同じ。その気分は、一作だけで満たされるようなものではなかった。

三作とも、この固有の時代、社会で僕が生きている、そこから生まれたものだ。

そんなの、特に言うまでもない、当たり前なことだ。でも同時にそれは、どれだけ頻繁に確かめても確かめすぎるということはないくらい大切なことだ。普遍性というやつに、安易にとびつこうとしないためには。

こうして戯曲集が出版されるということは、偶然の響きあいが起こる可能性の、種を仕込むこと。その機会をくださった、河出書房新社の坂上陽子さんに、心から感謝します。

二〇一四年九月 『地面と床』公演のため滞在中のアメリカ・ポートランドにて

◎公演記録（全て［上演］はチェルフィッチュ、［作・演出］は岡田利規による）

「わたしたちは無傷な別人である」

［作・演出］岡田利規
［初演年］２０１０年
［上演時間］約１００分
［キャスト］７人（男３・女４）
［上演歴］
２０１０年
2月　ＳＴスポット（横浜）／横浜美術館レクチャーホール（横浜）※ワークインプログレス
8月　Noorderzon Performing Arts Festival Groningen / Grand Theatre（グロニゲン／オランダ）※プレビュー
9月　あいちトリエンナーレ２０１０／愛知芸術文化センター（名古屋）
10月　Festival d'Automne à Paris / Théâtre de Gennevilliers（パリ／フランス）
10月　VIE Scena Contemporanea Festival / Teatro delle Passioni（モデナ／イタリア）
10月　HAU Hebbel am Ufer（ベルリン／ドイツ）
２０１１年
5月　KUNSTENFESTIVALDESARTS 2011 / Théâtre National（ブリュッセル／ベルギー）

「現在地」

［作・演出］岡田利規
［初演年］２０１２年
［上演時間］約１１０分
［キャスト数］７人（女７）
［共同製作］ＫＡＡＴ神奈川芸術劇場、Doosan Art Center
［上演歴］
２０１２年
4月　ＫＡＡＴ神奈川芸術劇場（横浜）
5月　福岡演劇フェスティバル／イムズホール（福岡）
7月　Baltoscandal 2012 / warehouse（ラクヴェレ／エストニア）
10月　Kampnagel（ハンブルグ／ドイツ）
10月　PACT Zollverein（エッセン／ドイツ）

2013年
3月　Festival Bo:m / Doosan Art Center（ソウル／韓国）
10月　Festival d'Automne à Paris / Théâtre de Gennevilliers（パリ／フランス）
11月　フェスティバル／トーキョー13／東京芸術劇場（東京）

2014年
5月　HAU Hebbel am Ufer（ベルリン／ドイツ）

「地面と床」

［作・演出］岡田利規
［初演年］2013年
［上演時間］約90分
［キャスト数］5人（男2・女3）
［共同製作］Festivals d'Automne à Paris（パリ／フランス）、Les Spectacles vivants – Centre Pompidou（パリ／フランス）、HAU Hebbel am Ufer（ベルリン／ドイツ）、La Bâtie – Festivals de Genève（ジュネーブ／スイス）、KAAT神奈川芸術劇場（横浜）、KYOTO EXPERIMENT（京都）、De Internationale Keuze van de Rotterdamse Schouwburg（ロッテルダム／オランダ）、Dublin Theatre Festival（ダブリン／アイルランド）、Théâtre Garonne（トゥールーズ／フランス）、Onassis Cultural Centre（アテネ／ギリシャ）

［上演歴］
2013年
5月　KUNSTENFESTIVALDESARTS 2013 / Théâtre Varia（ブリュッセル／ベルギー）
9月　La Bâtie – Festivals de Genève / Théâtre du Grütli（ジュネーブ／スイス）
9月　De Internationale Keuze van de Rotterdamse Schouwburg / Krijn Boon Studio（ロッテルダム／オランダ）
9月　KYOTO EXPERIMENT 2013／京都府立府民ホール アルティ（京都）
10月　Dublin Theatre Festival / Samuel Beckett Theatre（ダブリン／アイルランド）
10月　Festival d'Automne à Paris / Les Spectacles vivants – Centre Pompidou（パリ／フランス）
10月　HAU Hebbel am Ufer（ベルリン／ドイツ）
10月　Onassis Cultural Centre（アテネ／ギリシャ）
11月　Théâtre Garonne（トゥールーズ／フランス）
12月　KAAT神奈川芸術劇場（横浜）

2014年
4月　Festival Bo:m / K-Arts Theater（ソウル／韓国）
9月　TBA Festival / Imago Theatre（ポートランド／アメリカ）
11月　Mousonturm（フランクフルト／ドイツ）

・「地面と床」　初出＝「新潮」　２０１４年1月号

・岡田利規（おかだ・としき）　１９７３年神奈川県横浜市生まれ。演劇作家・小説家・チェルフィッチュ主宰。１９９７年、横浜で「チェルフィッチュ」を結成。２００５年『三月の5日間』で第49回岸田國士戯曲賞を受賞。２００７年『わたしたちに許された特別な時間の終わり』で小説家デビューし、翌年第2回大江健三郎賞を受賞。著書に『遡行　変形していくための演劇論』など。

・チェルフィッチュ　岡田利規が全作品の脚本と演出を務める演劇カンパニーとして１９９７年に設立。チェルフィッチュ（chelfitsch）とは、自分本位という意味の英単語セルフィッシュ（selfish）が、明晰に発語されずに幼児語化した造語。

・主要作品　『三月の5日間』『目的地』『フリータイム』『ホットペッパー、クーラー、そしてお別れの挨拶』

問い合わせ＝プリコグ　http://precog-jp.net/　info@precog.net

現在地《げんざいち》　２０１４年11月20日・初版印刷　２０１４年11月30日・初版発行
著者＝岡田《おかだ》利規《としき》　発行者＝小野寺優　発行所＝株式会社河出書房新社　〒１５１・００５１　東京都渋谷区千駄ヶ谷２ノ32ノ２　☎０３・３４０４・１２０１・営業　０３・３４０４・８６１１・編集　http://www.kawade.co.jp/　印刷＝株式会社暁印刷　製本＝加藤製本株式会社
ISBN978-4-309-02343-4　Printed in Japan

『遡行』　変形していくための演劇論

岡田利規

社会に対して芸術のできる〈働き〉とは何か？　芸術の可能性に挑み続ける現代演劇の旗手・岡田利規（チェルフィッチュ）による初の書き下ろし演劇論。自らの遍歴を遡りながら、思考と関心に即して自分自身を変形していくための方法を探る。

ISBN 978-4-309-27314-3